GRAVITARE

关 怀 现 实 ， 沟 通 学 术 与 大 众

Une Proposition

老女孩

另一种生活方式

[法] 玛丽·科克 Marie Kock 著

马雅 译

南方传媒 广东人民出版社

图书在版编目（CIP）数据

老女孩：另一种生活方式 / (法) 玛丽·科克著；马雅译. -- 广州：广东人民出版社，2025. 1. -- (万有引力书系). -- ISBN 978-7-218-18025-0

Ⅰ. I565.55

中国国家版本馆 CIP 数据核字第 2024VL7809 号

著作权合同登记号：图字19-2024-274号

VIEILLE FILLE. Une proposition
by Marie Kock © Editions La Découverte, Paris, 2022
Simplified Chinese edition arranged through Dakai L'agence

LAO NÜHAI：LING YI ZHONG SHENGHUO FANGSHI

老女孩：另一种生活方式

［法］玛丽·科克 著 马 雅 译

出 版 人：肖风华

书系主编：施 勇 钱 丰
责任编辑：张崇静 龚文豪
营销编辑：常同同 张静智
责任技编：吴彦斌

出版发行 广东人民出版社
地　　址：广州市越秀区大沙头四马路10号（邮政编码：510199）
电　　话：（020）85716809（总编室）
传　　真：（020）83289585
网　　址：http://www.gdpph.com
印　　刷：广州市岭美文化科技有限公司
开　　本：787毫米×1092毫米　1/32
印　　张：6.875　　字　数：116千
版　　次：2025年1月第1版
印　　次：2025年1月第1次印刷
定　　价：56.00元

如发现印装质量问题，影响阅读，请与出版社（020-85716849）联系调换。
售书热线：（020）87716172

一朵玫瑰

正马不停蹄地

成为另一朵玫瑰

你是云、是海、是忘却
你也是你曾失去的每一个自己

博尔赫斯《云·其一》

前言
同于往日的一天

如果是在某片更广阔的大洋，我可能会三思而行。但这是地中海，紧邻城市，就像在家门口。孩子们在水边嬉戏，海滨木屋的附近，人们已经摆好了各种啤酒和特百惠保鲜盒。当时的光线太美了，让我没能注意到风浪的征兆。我踏入水中。被海浪抛来抛去，任海水浸过眼睛和鼻子，每次出水时，头发都不听话地垂落得乱七八糟，这种略带童真的感觉令人心生愉悦。我当时离海岸还不算太远。我游泳技术还行，但还没有好到能不在乎与岸边有多远。在浪中，我突然感觉自己进入了洗衣机的涡轮模式，于是我向海滩望去。孩子们仍在踩水玩耍，大人们正从冰桶里拿出更多的啤酒，撕开第二包薯片，翻身让皮肤晒得均匀些。一切似乎都很正常，除了我被海浪拽向深处的感觉越来越强烈。当我意识到我已经游了太远的时候，我没有让恐慌占据上风。当我决定是时候回去、意识到海里已经没有什么人的时候，我也没有让恐慌占据上风。当我让自己呈90度竖立起来，以免在逆流中精疲力竭时，我依然没有让恐慌占据上风。但是，在我奋力地蛙泳了十分钟却还是觉得自己没有移动一分一毫时，这一刻，恐慌终于将我包围。似乎有一个无形的屏障竖了起来，而我难以穿越。我在水中想着这些念头，恐惧开始爬上我的腿，缩小了我的视野。我难以跨过海浪的阻碍，但也不可能允许自己被冲走。我被岩石包围着，不知道它们后面是什么。是平静的海面，还是更多的岩石，等着让我摔个头破血流。

我转身看到一对夫妇，他们离岸边更远，显然也在挣扎着要回去。我决定做一件我在飞机上经常做的事情：一旦乱流颠簸让我担忧是不是引擎失灵了，而其他人好像都显得不在意时，我就会和周围随便什么人搭话——只是为了听他们说：情况没有那么糟糕，一切都很好，跟摇篮一样晃着，挺好的。于是我靠近了那对夫妇。那一刻，我忘记了所有女权主义的考虑，就像生理反射似的，先向那个男人搭了话。他说，不，不，没事的，不用惊慌，我们需要让身体保持着90度的角度，来吧，我们能游回去。不过，尽管他们的自由泳比我的蛙泳显得更有力，但也依然没能让他们移动一寸。在那一刻，血液仿佛全都离开了我的下肢。我说，我害怕。那个女人开始仰面漂浮，双臂交叠在胸前以恢复体力。我的视线好像已经窄得像一条隧道，我好累。我才挣扎了不到15分钟，就已经耗尽了体力，几乎没有注意到那对夫妇已经改变了方向，正在向岩石游去。"我们得试着去那边，否则我们就逃不脱了！"他们有两个人，如果那男人能为了某个人牺牲自己的话，那也肯定不会是为了我。

我只能看到眼前如此巨大的海浪，而我的头就像是风暴中一艘脆弱的小艇。在遥远的海滩上，世界继续转动，仿佛什么都没有发生过。我只是一个在美丽的黄昏时分下海游泳的女人而已。这对夫妇正试图爬上离海岸稍近的岩石，那里不那么陡峭。我则开始向防波堤游去，但很快就被卷入浪中，再也难以对自己的行动轨迹做出任何决定了。我不受控地径直冲向人工防波堤的岩石坑洼，很快便只能看到满眼的岩石了。我知道我没什么喘息的余裕，也没有无限次的尝试机会。我必须快速而准确地自救。湍流把我推到几块岩石的凹处，那里就像一个迷你的圆形剧场，但没有任何像样的台阶或可供抓握的地方。我当时真希望自己穿着登山鞋。下一波迎面而来的海浪让我走投无路。

我做不到。我刚抓住一块岩石，浪就把我推开，然后另一个浪头又把我抛回岩石上。我试了一次、三次、十次，都没能从防波堤的这个洞穴里游出去。我已经筋疲力尽。一股冰冷的平静占领了我。我的视野扩大了一点。我仿佛从恐惧中超脱，已然准备好接受死亡了。

我43岁了，刚刚被我热爱的杂志社裁员，和我的那些同事们一样。我没有恋人，也没有孩子。两个月前我才搬到马赛，在此之前我耗了很长时间才终于决定离开巴黎。我从20来岁的时候就喜欢马赛这个城市了。第一次来到这里还是2002年，当时我从斯特拉斯堡坐夜车过来参加新闻学院的比赛。那个时候，火车窗户还可以打开。早上六点，驶入圣查尔斯火车站的时候，我就打开了车窗。空气中弥漫着尿和无花果树的味道，但一种更强烈的味道盖过了它们。在我的生命中，那是我第一次意识到，原来一个陌生的城市也可以有家的气息。但我现在却深陷浪中，这也太蠢了，我才刚搬到这里而已，死神来得也太快了。我想不通为什么偏偏是现在。我又一次被扔到了岩石上，又一次错过了抓住它的时机。但是，在一种奇异的清醒中，我也意识到，我生命中有一系列的想法并没有成为现实。在这里，在此时，死亡的前景没有在我最后的挣扎中召来神启的降临。没有环游世界，我不后悔，没有做成舞者、没有暴富、没有出名，我不后悔。没有孩子、没有伴侣、独自生活了大半辈子，因而能在被困于这片海中的时候了无牵挂，我也不后悔。我是个老女孩，在这一刻，正是这一认知帮我接受了自己命数将尽的事实。当然，我还是希望自己能活得更久些，但我已经活过了自己的人生，和其他任何人的人生一样。我身处此地，注定该在这里。当然，还是有些人会对我的逝去感到悲伤的，但我也清楚，我的离世其实不会改变任何人的生活。我不会在身后留下鳏夫或孤儿。没有家庭会因为我突如其来的缺席而感到难以承受。没有什么日常例程会因我的突然离开而被打乱。

我试图再次抓住岩壁。但再一次，海浪把我吸走，湍流让我在水中困得更深了，我翻滚着，不知道哪里是上、哪里是下。身处离岸流之中，我想起一条海洋求生的技巧：先不要试图回到水面上去。因此，我任由自己在浪中翻滚，直到瞥见了海面。当我浮起来的时候，我告诉自己，这真是最后一次机会了。我奋力抓住一块小石头，把一只脚叠在另一只脚上面，想要站上去。又一个浪头打来，我脚下一滑，不过手还是牢牢抓在上面。我的背紧贴着石头，但至少我终于抓住了什么。我等待着下一个波浪，然后终于设法爬了上去。

　　从护堤的岩块之中爬出来时，我看起来就像《午夜凶铃》中深渊里爬出的女鬼，头发滴水，满脸憔悴，腿上至少有几十个伤口在流血，不过由于肾上腺素的原因，我倒没有觉得多疼。那对情侣也从更低处爬了出来。而沙滩上还是老样子。两位晒得像梅干一样的老太太正给自己身上抹防晒油，她们朝我大喊："别去那里游泳，老淹死人的！"我终于再次踏上了坚实的陆地。一个抽着大麻的家伙眯着眼睛告诉我，我真应该避开那个能淹死人的地方。在我离开海滩的时候，一对退休的夫妇又朝我说了几句，他们的两个童年好友都是在我受困的那个洞没命的。我回到没人等我的家中，洗了个澡，给身上的伤口消毒，然后就去睡觉了。明天还会是同于往日的一天。

目 录

I　　前言　同于往日的一天

001　第一章　被没收的话语

029　第二章　无耻之嫌

057　第三章　陪护与监督

087　第四章　"钱、钱、钱"

115　第五章　动物性

137　我忘了告诉你们的事情

151　第六章　寻回努力之味

169　第七章　浇点凉水

187　第八章　幼人之幼

205　结语　荒芜的权利

208　致谢

第一章

被没收的话语

儿时的我从不曾想过自己会成为一个老女孩。玩过家家的时候，比起扮演爸爸妈妈，我更喜欢扮演《猫眼三姐妹》里的角色，她们白天在咖啡厅工作，夜晚则变身黑夜中的盗贼。不过，每次大家都得争抢一番才能决定谁来扮演瞳①。我也不记得自己对洋娃娃有什么特别的热情。不过，我很早就对男孩感兴趣了。我还记得在五年级的一次课间休息时我那想亲吻克莱芒的心情，记得一年级的时候，为了能和纪尧姆待在一起而拒绝跳级的坚定，记得瓦勒里突然回葡萄牙老家带给我的心碎。中学同窗朱利昂和塞利娜总是能得到我充满艳羡而流连的目光。他们这对恋人一到课间休息就抱在一起，像教学演示般互相亲吻，让彼此的牙和牙套碰撞在一起。而我只能看着他们的手一有机会就交缠在一起，在透过孤独的公交车窗望向路边时，看着他们并肩而行、推搡彼此的肩膀而心生嫉妒。我少女时代的笔记本上写满了糟糕的诗句、错译的引文和对极致爱情的

---

① 来生瞳，日本漫画《猫眼三姐妹》及其衍生作品中的角色，身手出色、容貌美丽，被视为该漫画的女主角。——译者注

笨拙渴求。我在等待着，我准备好了，我已经不耐烦了。

　　我很早就对性产生了好奇。我的闺蜜们都把第一次留给了她们爱恋并与之建立持久和信任关系的男孩。而我却在15岁的时候把第一次给了一个比我大7岁的男人。那时我和一个朋友还有她的父母一起在西班牙的布拉瓦海岸度假。大人们去山区徒步旅行的时候，居然放心把我们留在周围到处都是夜店的度假村里。而正是在其中的一个夜店里，我遇到了塞巴斯蒂安，一个开朗的比利时人。在我们共处的一周时间里，他向我展示了卧室运动的精髓，尽管所谓的卧室指的只是一个拥挤露营地的帐篷。在这场爱和性的冒险中，我并没有体验到温柔的尴尬、共同探索的兴奋，也没有体验到那种两个人之间不可言说的独特联结。尽管我们没有给予彼此任何承诺，但这场伟大的探索发生在一个好男孩的陪伴之下。他很有耐心也很尊重人，让我不需要花上数月的摸索就能立即发觉，性可以是一种真正的快乐，性可以是一种魅力，一种有趣、愉快、轻松的东西。我没有把这一时刻视作某种经过长期准备才能抵达的神圣仪式。我双脚跳入爱河，就像骑上旋转木马一样简单。

　　后来的日子里，其他各色恋人也接踵而至，有些人我还记得，有些已经只剩模糊不清的影迹。在这期间，一些或多或少重要的恋情也发生在我身上。这种生活一直持续到我37岁。然后我停下了，我退出了这场"游戏"。

我是如何从一种痴迷于爱情的生活转而进入另一种对爱情几乎不加关注的生活中的呢？这种转变是从意识开始的。不过这不是说我获得了某种伟大的启蒙，而只是——清醒了。曾经，无论是上学期间还是工作时期，我大部分生活的主旨都是要寻找另一半。在那段时间，与一个男人相遇和建立关系，其中的激情和时不时发生的戏剧性，甚至对方的皮肤都能让我感到自己真切地活着。我感到兴奋、喜悦和紧张，我感到一往无前。我如此狂热地相信这种体验，以至于每次失败后我仍会重整旗鼓，重新投入比赛中，就像开上一条新的高速公路一样，一边对即将到来的加速度感到兴奋，一边十指交叉，祈祷不要撞上视野盲区的障碍物。但无论我如何努力，无论我多么希望，我的恋情总是无法突破两年的界限。看着那些幸福美满的夫妇，我感到羡慕，甚至嫉妒。我的朋友们，不管是不是异性恋，在大约30岁的时候，都逐渐和他们的爱人安顿下来，开始筹划购置房屋，准备结婚、生子。而我却还在等待。

一直以来，我都全神贯注地朝着那片我认为理应到达的远方缓步前行，凝望着地平线，好奇我是哪里出了错，才没有像别人一样收到生命慷慨赠送的礼物。年龄在增长，日子一天天过去，但我却从未起身收拾行囊。没有人分享我的浴室，没有人在车站焦躁不安地等我一起回到我们的家，没有人一边拥抱我一边轻声对我说：少了你，房子显得如此空旷。朋友们告诉我，别担心，爱情会发生在你身上的，当你不抱期待的时候也许它就来了。但他们的声音渐渐低下去了。我继续整理我的书，以便在我用了16年的杂乱工作室里腾出一些空间。我对自己说，当我收拾好这些箱子的那天，大概我就会和某人住在一起，在笑声中重新粉刷公寓墙壁，然后把我们的行李也混在一起。在很长一段时间里，我把独居视为耻辱。独居意味着独自吃饭，因无人分担度假旅行的费用而感到肉疼，租不到像样的公寓，艰难的一天过后没有肩膀可以依靠，悠长的周日早晨不能在被子里相拥打滚，没有一个真正了解你的人。我梦想着成为杰里迈亚·约翰逊[1]，那个可以在雪地里走一整天的山地猎人，无人作陪但潇洒自在。

---

[1] 杰里迈亚·约翰逊（Jeremiah Johnson）是电影《猛虎过山》的主人公，他在退伍后对城市生活产生了厌倦，遂到荒山野岭中过着一种野蛮人的狩猎生活。——译者注

但我是个女人，在没有伴侣的情况下，留给我的唯一模式是成为一个老妇人，然后在他人的漠视下死去，并被自己养的猫吃掉。而且我不得不承认，我无论如何也无法在落基山脉中生存下来。

龙与地下城[①]

中世纪时，女性被禁止独身。有些女性因为不想结婚，不想和丈夫生活在一起，也不想进修道院，所以做出了激进的决定：把自己监禁起来。这些自愿闭关的女性被称作隐居女（les recluses）。从8世纪到16世纪，隐居女一直存在。她们在狭小的塔楼里度过余生。有些塔楼矮到直不起身子的程度，有些塔楼则窄到无法完全躺下。她们不修理头发和指甲，食物全靠周围村民和路过的旅客救济，通常睡在遮盖着排泄物的草席上。一旦一个女人选择成为隐居女并进入这间屋子，人们就会把门窗全部封起来，只留下一个小小的窗孔，她们有时能透过这扇小窗看到天空，但没人能透过窗孔看见她。通过把

---

① 该小节标题取自同名游戏《龙与地下城》（Dungeons & Dragons），这是一款奇幻背景的角色扮演游戏（RPG），于1974年首次发行至今。——编者注

自己关在石头监狱里，隐居女将自己与世界、与人、与能让她的存在合法化的男人全部隔绝开来。她以消失的方式将她的生命奉献给主。不过，尽管她向主祈祷，但在营养不良、疾病频发和寄生虫肆虐的情况下，主常常让她很快死去。然而，这些因为不想与男人为伴而被夺去视觉的女性还是赢得了话语权。隐居女经常被视为圣女，周边社群会向她们征求意见，委托她们向上帝传话，或是在居民之间发生冲突时询问她们该如何做出决定。在卡罗尔·马丁内斯的小说《低语之地》中，身为隐居女的女主角甚至和十字军东征有所联系。[1]弗雷德·巴尔加斯[2]则在惊悚小说《隐士出没》中讲述了20世纪的一名女子决定退出世界，并用她蜘蛛姐妹的毒液对男性暴力进行复仇的故事。故事里提到的蜘蛛名叫"隐士蜘蛛"，因为它们往往隐藏得很好而难以追踪。事实证明，蜘蛛是一种和平动物，只要你不找它们的麻烦，它们就不会招惹你。

这两位女作者都详细描述了隐居女的生活状况，这些自愿被放逐的女人们至死都不得重见天日。两位女作者还提到，尽管隐居女们在社会中发挥了重

---

[1] Carole Martinez, *Du domaine des Murmures*, Gallimard, Paris, 2011.

[2] 弗雷德·巴尔加斯（Fred Vargas）是法国历史学家、考古学家和犯罪小说家，以研究黑死病闻名，曾连续三获英国推理作家协会国际匕首奖。——编者注

要作用，但同时代的人对她们的态度却可谓忘恩负义。例如，巴尔加斯记录了一次考古挖掘的成果，这次挖掘发现了一具隐居女的遗骸。

> 几块陶器碎片（一个盘子和一个水罐），一些金属物品——生满锈的叉子、刀、勺子、镐和十字架，以及一件衣服的碎片、一条毯子、一张吊床、一些皮革碎片（一本《圣经》），最后是骨头——证明她们只收到了极少的肉食馈赠。有鱼骨、蛋壳和牡蛎（只有四只，大概她在这里度过的每个圣诞节都能吃到一个牡蛎吧）。其余的施舍物——粥、汤和面包都已经看不见了。尚可见的唯一水果踪影是七颗樱桃核。屋子里没有便桶，没有梳子，没有镜子，没有剪刀。无论人们多么虔诚，无论人们多么敬仰所谓的圣女，对她们的物质给予都还是太吝啬了。①

隐居女并不完全等同于老女孩。但在她们的时代，她们因为决定不与男人同居、不结婚、不组建家庭而付出了极其沉重而绝对的代价。

而我呢，我住在公寓里，有窗户和门，想开就开，有自来水，冬天还有暖气，而且不用被自己的

---

① Fred Vargas, *Quand sort la recluse*, J' ai Lu, Paris, 2019, p. 437.

排泄物困扰，圣诞节的时候，能吃到一个以上的牡蛎。但我也一样做出了自己的决定，也可以说是生活让我做出了决定，或者可能两者兼而有之吧，总之，我决定独自生活、不生孩子。我选择退出婚姻和家庭生活，住在我自己的"隐居小屋"中——不过我确实想努力让它变得更舒适一些。虽然我并没有被人不屑一顾地泼一头冷水，但我确实也感到了一些不适，对这一选择感到疑问和怀疑。尽管多年来我一直倾向于退缩到自己的围墙后面，不过我相信，就像那些隐居女一样，我的声音也值得被倾听，虽然我的话不至于引发十字军东征，但至少也能让我的一些同龄人看到另一种生活的可能性。我们可以选择退出男人的世界，可以不组建家庭。这并不是一条殉道者之路，相反，这可能是一条解放之路，这条路也可能带来幸福、充实、完整的生活。

隐居女并不是唯一试图生活在婚姻或家庭之外的女性，也不是唯一对城市行使权力（即使脆弱）的女性。对那些希望摆脱婚姻和生育折磨的女性来说，还有一个选择，那就是服从神的权威。她们可以进入修道院，将生命献给上帝。不过，即使这种选择是自愿而不是被迫的，它也不能保护女性免受一切形式的暴力，特别是性暴力，但这样做至少可以使她们通过宗教和禁欲摆脱既定的命运。印度教、佛教、耆那教和基督教中都有这种情况。不过基督教有别于犹太教和伊斯兰教，从圣奥古斯丁开始就倡导贞洁是提升精神境界的一种手段。基督教革命使女性——尤其是罗马贵族女性有机会获得这种贞洁。正如加拿大历史学家伊丽莎白·艾博特在她的《贞洁与独身通史》中所述，这些将自己献给上帝的女性换来了学习、教书和与男性通信的权利①。在人们把禁欲变成一种惩罚（在医学和宗教的共同作用下）的18世纪之前，它一直是女性解放的一种手段。

这些女性中有人甚至成功地暂时摆脱了神父的权威（顾名思义，神父的权威也是父权）。她们组成了贝居安女修会。贝居安女修会虽然是宗教团体的组织形式，但其实是非宗教团体，誓言也不是终身的。她们借此保持了对教会的独立性，可以自由离开。隐修院修女甚至贞女的情况就不是这样了，她们得向教会交纳30年的贞操费才能换取这种特权。另一方面，贝居安女修会只是简单的单性团体，旨在帮助穷人和病人，成员都是想逃避婚姻和母职的未婚女性或寡妇。这些团体形成于11世纪，主要分布在比利时和法国北部。宗教裁判所对这些不受任何权威约束的女性深恶痛绝。在宗教裁判所的强烈

① Elizabeth Abbot, *Histoire universelle de la chasteté et du célibat*, Fides, Montréal, 2001.

反击下，贝居安女修会没能发展太久。裁判官重则将她们处死，轻则对她们加以怀疑和迫害。维也纳宗教评议会（1311—1312）禁止了贝居安女修会，此后，其中的一些女性重新加入其他教会并同意遵守教区规则。最后，她们还是灭绝了（尽管今天我们还能找到她们的一些踪迹，比如"团结贝居安女修会"，还有一些独立养老院）：

当这些女性展现出独立自主、雄心勃勃、富有远见和意志坚定的特质，主教们却认为他们的美德更有问题了——贝居安女修会的命运就证明了这一点。她们的动机被怀疑，她们对社会的贡献被掩盖，她们的成功被蔑视，她们的社群被肢解。最后，她们被禁闭在修道院里。讽刺的是，教会所担心的反抗行为往往是在修道院的禁闭中激发的。①

这些不想要伴侣和家庭的女性们虽然从事着对公众有益的活动，但是这一切才存在了不到两个世纪的时间，就被教会定罪了。在将女性描述为魅魔和淫妇的时代，她们的贞洁却遭人怀疑。这种怀疑的根源在于，她们居然不效忠于任何人，只效忠自

---

① Ibid., p. 151.

己。这不正是今天人们拿来指责老女孩的说辞吗？

归隐山林

　　退出世界，或者退出爱情的世界，究竟有什么意义呢？如果想拥有更广阔的视野，后退一步便有其必要。我在自愿"隐修"期间就体验到了视线焦点的转移。若是身陷找寻伴侣的狂热，或是在工作之余还得每天围绕着伴侣和孩子的日常事务，我肯定会无暇顾及大局。而我越是将自己从这些琐事中抽离，就越能注意到我究竟逃离了什么：总是闯入生活的公婆亲戚、每天都会发生的误会、大吵大闹、细密编织到立于不败之地的荒谬忠诚、不断被分享的空间、必须配合伴侣节奏的时间安排、必须按对方需求招之即来的欲望、每个人都觉得自己该获得或理应享有的自由和特权。这种经历就像身处一场派对，众人皆醉你独醒。假如我也喝得烂醉的话，我大可以说服自己，这是我一生中最美好的夜晚。但我却清醒着，而且意识到，清醒也并没有那么糟。毕竟这能让我省去许多不必要的宿醉烦恼。从那时起，我开始仔细观察和倾听我身边的情侣和夫妻（我知道这种野生观察可能有失偏颇，不过主要是那些抱怨的人给了我研究他们的机会）。一个问题在我脑海中形成：我们为什么要这样惩罚自己？这个问题一直萦绕着我，挥之不去。

为什么小金会在交通罢工的周日晚上10点走路去庞坦市和Tinder①上认识的人约会？为什么小安多年来一直忍受她孩子的父亲的成瘾问题？为什么小波不得不和伴侣前妻的家人共度圣诞节？为什么当小艾兴冲冲地带女友去看偶像的演唱会，并热情地问"很棒吧"的时候，女友却疲惫不堪地回答"我好冷"？为什么小陈要等她晚回家的伴侣一起吃饭，而这明明会扰乱她的消化系统，使她在夜里无法正常入睡？为什么小刘会花几个小时等待她前一天才结识还一无所知的男人的短信？为什么小陈原本提前三周就安排好了与闺蜜的电话约会，却因为孩子们像大熊猫一样挂在她的肩膀上而放了鸽子？为什么小莫决定再生一个孩子好给她的关系"注入一点活力"，而不是直接去处理这不够生活的生活？我找不到这些问题的答案。但反过来，我开始明白，只要不这样自我折磨，我们就能受益。

决定不再等待爱情，并不仅仅是为了避免在Tinder上被人当超市货物一样拣选的暴力，也不仅是为了

---

① 一款手机交友APP，功能是基于用户的地理位置每天"推荐"一定距离内的四个对象，用户可以选择"喜欢"或"路过"，匹配成功则可进一步交往。——编者注

避免和陌生人的初次约会——我们总是会为了填补毫无进展的对话而没话找话地问"你喜欢哪种音乐"，也不仅是为了逃避把自己用劣质酒精灌醉才有勇气继续的平庸夜晚。这不仅是为了让自己免于过度解读的麻烦，避免在我们喜欢对方多于对方喜欢我们时的失望情绪或是情况恰恰相反时的尴尬和不适。这不仅是为了躲避公婆家的亲戚，伴侣的那些你虽然觉得他们还行，但又谈不上特别喜欢的朋友，为了取悦对方而赴约的饭局，或是你不想同去的旅行，也不是为了逃避充斥着三餐、洗衣和机械的性的毫无生气的日常生活或是抛弃、冲突和误解的恐惧或现实，以及那些我们或多或少主动选择的男人——恰恰是他助长着我们的神经症。我选择停止等待爱情，是为了重新拥有我自己。我要拿回自己的身体、大脑和时间。

在戒断感情生活的初期，我首先关注的就是时间。从我每天的日程中删除感情生活，让我有了很多时间，做其他事情的时间。最重要的是，我有时间思考了。我的大脑由我支配的时间大大增加了。那些时间过去都是花来思索另一半的：做什么会让他高兴呢？他为什么会那么说呢？这对我们的关系意味着什么呢？哦，不，我不能在12日那天安排别的事，因为那天是他母亲的生日……现在，所有这些时间都空出来了。我突然有了喘息的时间，不再担忧，不再生气，不再期待什么事情发生，也不再期待什么事情不发生。当我的一些朋友分手后重新恢复单身（不管有没有孩子），那些有伴侣的朋友们（不管有没有孩子）往往会条件反射地鼓励她们："这很好，你可以出去走走，认识新朋友，不要自己一个人胡思乱想！"但其实我恰恰选择了胡思乱想——我一边盯着天花板，一边吞云吐雾。我整理橱柜、按摩、阅读、拜访朋友（但并不是为了让他们给我介绍对象）。在上班的时候，我不必再向同事讲述我的夜生活，它们现在就是一个单身女人的平凡日常。当然，我也有恐慌的时候。鉴于我的年龄，要不要孩子的问题已经很紧迫了。倒计时开始了。我是否会成为恩罗恩罗歌曲中的那个女人，过着一潭死水般的生活？在这首歌里我印象最深的歌词是"我向面包师问好，我为老奶奶开门"。在我的葬礼上，那些见过我的人会说我"只是个好人"吗？①这个问题的答案和这首歌一样让我害怕。但我仍然没有动摇。我只是不停地告诉自己和其他人，我要继续下去，回家依偎在暖气旁。我需要时间，而我需要的时间一而再再而三地延长着。我在一定程度上是在逃避哲学家卡米尔·弗罗伊德沃－梅

① 恩罗恩罗（Enzo Enzo）是法国著名爵士乐女歌手，有香颂天后的美誉。这句歌词出自她的歌曲《只是个好人》（Juste quelqu'un de bien）。——译者注

特蒂①所定义的女性时间：

> 与女性周期性的常见形象（归因于每月重复的月经周期）相反，女性时间实际上是呈线性且具有悲剧性的。青春期和更年期这两个决定性的时刻标志着母性潜能的起点和出口，这两个时刻不可决定，也无法逆转。女性时间会跟随着身体事件的节奏，产生周期性改变，或突然改变，比如月经周期、乳房发育、怀孕、流产、堕胎、分娩、哺乳，以及既有带来愉悦和满足的积极一面，也有骚扰和暴力的消极一面的性生活。因此，女性时间是悲剧性的时间，由一连串的事件所标记，这些事件引入了不连续性，带来了戏剧性的时刻，使它维持着一种让人几乎不可能逃脱的情感强度。②

此前，我让我的情感和工作生活中不停上演着"drama"（好戏），好让自己保持活力或是重新焕发激情，这些情感强度对我来说似乎一直是不可见的。不过，重新获得的空闲时间让我得以消化所有这些累积的情感强度。我意识到，很多小事可以发生，

---

① 法国哲学家、政治学教授。她的作品主要关注当代女性状况的转变，从现象学的角度对女性身体理论进行探讨。——编者注

② Camille Froidevaux-Metterie, *Le Corps des femmes*, Points, Paris, 2021, p. 58.

即使最后不一定会产出什么大事。我学会了摆脱对刺激的沉迷，开始欣赏不再坐情绪过山车、更加自由的生活状态。渐渐地，紧迫感消失了。说来也怪，我又回想起了我在大学毕业期间所感受到的压力。当时，我觉得这个通过考核的仪式似乎决定了我的余生。不容有差。显然，事实并非如此（真希望那时有人能告诉我这一点）。

起初，我设想的这种"退休"是一种暂停，就像去乡野郊外给自己充充电，或者就像在疯狂派对之后少喝点酒给肝脏放个假。我厌倦了自己的冲动，包括那些被接受和被拒绝的冲动。我已经没有精力再投入一场邂逅，投入它从未失手的美好希冀。我的身体、我的大脑、我的心已经筋疲力尽。它们在乞求怜悯。于是，我仿佛开始了一场节食，心里想着，我迟早会再次感到饥饿的。我当时深信着，我在爱之领域里的荒废只会是暂时的，我只是需要喘口气，然后就能重新投入我毕生为之训练的战斗。然而，一些截然不同的东西开始出现了。

幸福结局

如今，"老女孩"这个词已经很少有人用了。但我却慢慢地、稳稳地变成了一个老女孩。尽管我的幸福指数直线上升，但我并没能摆脱非常普遍的社会耻辱感。无论是在社交网络上，还是在我们生活的社会中，老女孩的形象都算不上"鼓舞人心"。人们指责她有各种各样的缺点：忘恩负义、尖酸刻薄、活得不精致、利己主义、脾气暴躁、善妒、吝啬、性冷淡、既不被人在意也不在意别人。最重要的是，她没能成功地赢得"奖品"——一个男人。这事可严重了。流行文化里也少有老女孩的形象，她们要么是路人甲，要么是次要角色。她是尖酸刻薄的老姨妈，是穿着手织毛衣的办公室同事，是女主人公略微不合群的好朋友，是公园里和鸽子说话的疯女人，是楼宇里的邻居——但是没有人知道她为什么还没有丈夫。

老女孩只在一种情况下能成为真正的主角：当她们只是个"临时老女孩"，当她们只是一个差点成为老女孩的女孩。这类案例中最有名的当然是《BJ单身日记》里的布里奇特·琼斯了。这部电影改编自同名小说，主线就是她寻找真爱的故事。对所有在千禧年到来之际渴望"遇到真命天子"的30多岁的女性来说，这部电影无疑是一剂心灵慰藉的良药。如果这部电影也有"诚实预告片"①的话，那么肯定会讲布里奇特·琼斯作为一个有抱负的编辑，是如何因为忙于向情人（顺便一说，她的情人也是她的老板）献殷勤而没有抓住机会与大作家萨尔曼·拉什迪交谈的故事。然而，这部浪漫喜剧中最受观众喜爱的场景，是她穿着睡衣、声嘶力竭地唱着《孑然一身》②的场景，是她灌下一杯杯红酒的场景，是她的兔女郎装扮和雪中之吻的场景。简而言之，就是先绝望，再羞辱，最后奖赏。老女孩形象要想被人接受，就要上演走错路却最终攀上金枝的戏码。在人们谈论"单身女性"这一可怕的词语时，也常会说出这样的词藻：她是资本主义的战士，能应付自由社会中的各种琐事，在找到能满足她的男人之前，她会偶尔与闺蜜纵酒狂欢。她漂亮、有趣、有点迷失，但还有救。她漂泊、纯洁、多愁善感、独身，但这些考验都是为了让她有朝一日找到伟大而唯一的"真爱"。而那些真正的老女孩呢？那些没有通过考验的老女孩呢？她们在人们眼中就是另一番形象了。

---

① "诚实预告片"（*Honest Trailers*），又译"电影老实说"，是博主Screen Junkies在YouTube上连载的一系列幽默视频，节目主要以预告片形式吐槽和戏仿热门影视作品等。——译者注

② 《孑然一身》（*All by Myself*）原唱是美国歌手埃里克·卡门（Eric Carmen），歌曲根据拉赫玛尼诺夫第二钢琴协奏曲第二乐章一部分主旋律改编而来，多次出现在热播美剧（如《老友记》）中，更为大众熟知的翻唱版本来自席琳·迪翁。——编者注

她们的形象必须一眼就被辨认出来：穿戴破旧的羊毛衫、软塌塌的帽子，眼神刻薄、嘴巴尖酸、身形干枯，一股颓败之气；她们要么绝望，要么痛苦，有时甚至疯狂；最重要的是，她们得因为得不到婚姻而付出高昂的代价，过上孤独、痛苦和被社会放逐的生活。不存在任何一种对老女孩的平和表述，不存在任何一种她可以远离尘世而不堕落、也不会为此付出百倍代价的叙事。直到2019年，《老姑娘》①这部电影才让我们看到一些转变。这部影片讲述的故事开始于盖比的39岁生日，结束于她的40岁生日。盖比经历了浪漫喜剧的所有阶段：不成功的约会、孤独的夜晚、与外甥女的亲近（这让她意识到孩子们也一样酷）、失业、鼓起勇气开始自己的事业，甚至还有人们惯以期待并喜爱的场景：一次她带着狗远足时遇到了一个男人，他们之间来了电。他们彼此理解，可以相伴走在碎石路上大笑，发现彼此身上的许多共同点。仅在短短的一次徒步旅行的时间里，两人就感到分外投缘。尽管他们不住在同一个城市，但他们还是给了彼此一个吻。男人提出要试试交往，因为如果不试试的话就太愚蠢了。但盖比觉得自己的生活已经找到了平衡。她有自己的餐饮生意，平

---

①《老姑娘》(Spinster)由安德里亚·多尔夫曼（Andrea Dorfman）执导，片中的盖比由切尔茜·佩雷蒂（Chelsea Peretti）饰演。——译者注

时要和侄女一起织毛衣，还要遛狗。她还有很多浪漫关系以外的人际关系，这对她来说已经足够了。她拒绝了对方。

《BJ单身日记》和《老姑娘》之间相隔将近20年。当然，《老姑娘》这部电影远未达到前者的成功，但它的优点在于打开了一扇窗，点燃了一种希望，让我们认识到我们之前的想法可能是错的，我们之前以为自己想要的东西也可能并不是我们真正想要的，也许我们想要的是另外的东西。和《老姑娘》中的盖比一样，我也允许自己享有改变想法的奢侈。

以前，我一直认为，浪漫的爱情是生命中最重要的东西，是它赋予存在价值，让生活有了味道。不过，老实说，我也一直相信，爱情只是个罕有的奇迹。尽管有种种故事告诉我们这奇迹可以发生在每个人的生命中，但我的心中始终保有着怀疑。我的经历和观察告诉我并非如此——尽管难以置信，但很多伴侣关系并非基于爱情，而是基于一系列与爱情无关的标准。今天，我们认为爱情是一种"与生俱来的权利"，是生命中必然的冒险。但客观地说，在我看来，寻找爱情越来越像转动幸运轮盘：有些人转到了好的格子里，有些人则没有。我理解为什么会有这种极具诱惑力且行之有效的叙事方式——因为假如不让人们坚信自己会中大奖的话，谁还会愿意投身恋爱或成家这样的事业呢？

　　我可以为自己的独身给出各种理由：我这一代人比下一代人更少解构的特点、社会的禁锢、父母的离异、巴黎的生活、我的星座（人们说双子座害怕承诺，也不喜欢遵守惯例），等等。但我更愿意把它理解为生活没有朝着某个方向发展的随机结果。要承认这一点确实令人不太舒服，因为这等于是在说，我没有个人意志、没有欲望、没有可行的人生规划，这等于是在说，我不能掌控自己的存在。不管真正的原因是什么，我允许自己改变想法，并且我也明白，虽然爱情很重要，但我不能浪费所有的时间在它身上，我也不能围绕这个追求安排我的全部生活。

耳听八方

　　在很长一段时间里，我都不太谈论这件事。至少不是以这种方式。我会抱怨。我不明白为什么我没有资格得到幸福，为什么我会再次受伤，为什么爱情没有发生。我怀着既不耐烦又忐忑不安的心情等待，就像等待月经初潮一样：你知道这不会是一次轻松愉快的经历，但至少它的到来会让你加入正常人的行列，加入那些并未察觉自己有什么不同的人的行列。当我所有的朋友都开始成双入对、结婚生子时，我开始沉默了，因为我的故事和他们的故事相比，显得太不和谐了。与他们正在建立的稳定帝国相比，我这微不足道、一无所获的冒险经历又算得了什么呢？我感觉我的朋友们非常关心我、同情我，面对我的苦恼，他们也总是积极地鼓励我。最艰难的时刻是，生育问题不再是一个纸面上的理论问题，而成了一个切实的失败，成为一件已经不大可能发生的事情。当我的年龄越来越大，近乎如果怀上孕就会惊动网民的高龄（"难以置信，这个女人打破了科学……"），我的朋友们，尤其是我的女性朋友们，还在很努力地告诉我要相信我依然有可能有小孩。那是多么令人难以置信的爱的时刻啊，我为此感谢她们。

　　我感谢她们还有一个原因，因为她们让我明白，我的话是有价值的，值得被听到。如果我对所处境况的理解发生了变化，从而改变了观点的话，那么她们也愿意为我改变和我相处、交流的方式。当我告诉她们我现在的状态，她们立刻很体贴地不再向我讲述恋爱和怀孕的故事了。为了不给我带来更多的痛苦，她们克制了自己的热情，不再和我炫耀当妈妈的快乐，而且非常努力地去和我谈论其他的事情，除非是我主动谈起这个"禁忌"话题。当我主动表示我已经退出了这个游戏，说我对这一切不感兴趣了，这话的效果就像弹弓一样，把我们的对话一下子弹到了另一个方向。在与其他女性聊天时，我也观察到了同样的情况。我只向她们介绍了我的结论，还没打算解释整个过程，她们便开始讲述自己对感情的遗憾、疏离和幻灭。然后，第一句"你说得太对了"出现了。（男人们对我的决定显得更加谨慎，而且，在我看来，他们不太可能隐退，他们在情感、身体和心理上也没有那么疲惫。）于是，我还是听到了浪漫爱情和有关母职的故事，只是这一次，它们以另一种样子被呈现出来。我倾听着，尽量不发表太强烈的意见，不是因为我不相信自己的判断力，而是因为我的建议十有八九可能会是："那你为什么不一走了之呢？"

如果说老女孩的形象有什么难得的好处的话，那就是人们允许她坦率发言，有时还可以带点嘲讽。老女孩没什么可失去的（毕竟她什么也没赢得），因此她可以口无遮拦。1833年，女诗人兼沙龙女主人德尔菲娜·德·吉拉尔丹（Delphine de Girardin）出版了《一个老女孩写给侄子们的故事》（*Contes d'une vieille fille à ses neveux*）。尽管她曾和记者兼政客埃米尔·德拉莫特（Émile Delamothe）结婚，但她却发誓说自己老的时候一定要单身。在这本书中，她把自己描写成一个老姨妈、一个老女孩，即使知道没人听她的，她也有责任告诉侄子们真相："因为，我亲爱的侄子们，我并不是在用母亲的语言给你们讲故事，那个高贵角色应有的尊严在我这里不存在。我要告诉你们的，是母亲永远不敢对孩子们说的蠢话。"在她的故事中，孩子们（德尔菲娜·德·吉拉尔丹自己没有孩子）会经历很多残酷的事情（死亡、失望、饥荒），但故事里也总有聪明的孩子们梦想着自由。她讲述这些冒险故事，并不是要她的侄子们循规蹈矩，而是希望他们了解宫廷、权力和社会义务的潜规则，从而能够打破它们——或者至少能够在其中游刃有余，不至于迷失方向。

虽然有一些老女孩发声的使命是说出夫妻和家庭不愿听到的真相，但这些声音仍然是被孤立的。作为优秀的隐士，老女孩是不与同类聚会的。即使在女修道院或女性宗教团体中，她们关注的焦点也是上帝而不是其他修女，更不用说修道院以外的人了。老女孩没有组织，没有网络，没有相应的社会运动。因此，她们无法作为一种团体力量存在，她们的言论也无法获得任何形式的权力。在这方面，她们很像法蒂玛·瓦萨克在《母亲的力量》[1]一书中描述的母亲。这

---

① Fatima Ouassak, *La Puissance des mères. Pour un nouveau sujet révolutionnaire*, La Découverte, Paris, 2020.

本书解释了母亲是如何被剥夺政治上的权力的，因为她们被系统地告知要充当儿童和制度之间的缓冲，换句话说，她们要再现和维护既定秩序。因此，尽管她们站在第一线，能看到什么地方出了问题，但她们几乎没有表达抗议的空间。老女孩也陷入同样的矛盾之中。然而，法蒂玛·瓦萨克还说，母亲——不是私人的母亲，而是泛指母亲这个身份，也可以成为群体组织的典范，比如"五月广场母亲"组织，她们自1977年以来一直为在阿根廷独裁统治期间失踪的子女讨要说法，或"旺多姆广场母亲"，她们在1984年举行示威，谴责种族主义罪行，她们的子女正是这类罪行的受害者。正如这些运动所展示的那样，她们也可以示威游行、要求真相、伸张正义。总之，她们也可以成为一股强大的社会力量。

和母亲一样，老女孩的亲身经历也总是不断被提及。但即使她们不在马路上奔走发声，她们的话语中也蕴含着真理，她们的真理中没有婚姻和家庭生活所必需的妥协、安排和放弃。然而，人们只能从她们的言语中听到一种声音，一种异样而令人不安的话语。人们是否有意将老女孩和其他那些"被排除在好女人市场之外"的人——用维尔日妮·德庞特（Virginie Despentes）的名言来说，区隔开来，以便更好地支配标准？我不知道答案，但我希望这种

独特的声音能为那些感到生活压抑的女性带来一些
提示，也许在此之前，是我们一直告诉她们这种压
抑的生活是正常的。也许未来，会有更多的人拥有
相似的感触。

　　这本书并不是要说服你放弃你的伴侣或者孩子，
也不是劝你去拉斯维加斯挥霍钱财，或是直接隐居
山林。它不是一份宣言，它不是要控诉你的生活、
你的感情、你的性生活和你的家庭，告诉你需要打
破它们带来的幻想和藩篱。它也不是要警告你"不
想清楚的话以后就有罪受了，到时候你只能幻想着
一段伟大爱情的降临，忍受充斥着孩子哭声的房子，
然后含泪送你的大女儿远走他乡求学"之类的。这本
书只是一个假设。这个假设每天都在让我远离某种
形式的安稳状态，而我至今还在努力验证这个假设，
它甚至有可能会成为我临终前最大的遗憾。尽管如
此，我还是想提出这个假设：如果愿意的话，我们可
以不勾选那道老师告诉我们的人生必选题，我们可
以不与某人生活在一起或结成任何形式的伴侣，我
们也可以不去做那份被描述为最伟大、最坚不可摧
的母职。我们可以在这些必选题之外建立自我，找
到为自己和他人建立结构的其他方式，我们可以在
别处找到不同的爱。简单来说，我们可以想要一些
不同的东西。

第二章

无耻之嫌

当我幻想自己变得更强大时，当我想象一个独立的典范时，我脑海中就会浮现出这样的画面。我站在清晨时分的山中，浓雾正慢慢散去，但此时此刻，只有树梢的顶端能穿透迷雾的遮掩。风把我的大衣下摆吹得猎猎作响、翻飞起来，让我不禁想起怀特·厄普，那个从野牛猎手变成"马歇尔"①的人。尽管在现实生活中我不会打枪，但我还是果敢地扣动了双枪的扳机。我叫道："狗！"于是一群猎犬被我唤回，绕着我的脚边跑来跑去，然后排成近卫队形。猎犬，步枪，迷雾。我心目中的老女孩形象即是如此。但更为常见的老女孩形象则是另外一副模样：一个既不算年迈也不算年轻的女人，裹着格子呢，抚摸着她的猫。老女孩就是猫女孩②。

"猫女孩"或"猫夫人"这一形象所传达的意涵远远不止于对家养猫科动物的喜爱。拥有这一形象

---

① 许多美国西部电影以西部传奇警长怀特·厄普（Wyatt Earp）为主角。他曾是猎杀北美野牛的猎人（这是19世纪美国西部常见的职业），后来变成了维护当地治安的官员。——编者注

② cat lady，指独居女人、单身妇女。流行文化总是喜欢把成为"猫女"描绘成一件悲哀的事情，她只能和猫一起过日子。——编者注

的女人大抵是单身的，没有孩子，没有能力面对外面的世界——她大概也很少去外面的世界，更喜欢独自待在家里，在猫咪的呼噜声中入睡。人们不知道她这种"猫性"究竟是与生俱来的，还是由生活和失败的人际关系所造就的。在英文的表达中，她还带有"疯狂"的意味，不过她可能一直都有点疯吧，这就是为什么她会钟情于猫，并恪守独身主义，或者她可能已经一点一点地失去了理智，而猫的到来就是她发疯的证明。无论是《辛普森一家》中的埃莉诺·阿伯纳西，还是美剧《办公室》中假正经的安吉拉·马丁，抑或是《发条橙》中亚历克斯·迪拉吉的受害者之一，无论如何，她们都给人一种不好接触的印象，也不怎么主动与人来往。

《灰色花园》(*Gray Gardens*)的两位女主人公就是以这样的形象出场的。这部由梅索斯兄弟(The Maysles Brothers)于1975年拍摄的纪录片可能是关于"猫女"形象最残酷的一部作品。影片讲述了母亲大伊迪和女儿小伊迪的日常生活，她们分别是杰奎琳·肯尼迪的姨妈和表妹，生活在汉普顿斯上流街区。这座曾在当地鹤立鸡群的庄园如今已成为一片废墟，被植物侵蚀殆尽。就在这斯蒂芬·金式的小说场景中，两位身无分文的中产阶级女性在男人离开后，过了50多年的隐居生活。电影的画面甚至散发着一股猫尿味。她们养了大约30只猫，它们与一只浣熊争夺着生存空间。没人会觉得她们不是疯子，因为影片的内容就跟随着她们幼稚的吵闹声和贵妇人般的装腔作势展开，她们衣衫褴褛地在垃圾堆间穿梭，同时还互相大喊大叫。这部纪录片一直让我感到恐惧，尤其是因为它给人一种道德故事的感觉，充满着在我看来简直是针对我个人的警告。《灰色花园》显然向观众展示了一种可能降临到老女孩身上的恶名（尽管严格来说，只有小伊迪算作老女孩）。这部纪录片也有意无意地告诫女孩们两件事：不要和母亲生活在一起（这样你的生活就被老女孩接管了），也不要逃离世俗的规矩。电影的悲剧化基调也是为了达到告诫的效果（而梅索斯兄弟也被指责靠拍摄这两个患有精神疾病的女性来获取成功）。大伊迪被认为过于古怪，不适合在她原本所属的上流社会中发展，因此被父亲从遗嘱中剔除。小伊迪也因性情阴晴不定而声名狼藉，吓跑了所有她不想嫁的潜在丈夫。而她们反抗的结果就是崩溃、堕落、屈辱、猫尿。灰色花园及其居住者的破败，就是女人不按规矩办事的代价。

　　近年来，一些女性试图给"猫女"这一形象平反，并希望打破成见：比如《纽约时报》记者斯蒂芬妮·布特尼克的文章《我是猫女？谢谢》、纳迪桠·达姆的著作《如何不成为猫女》、克里斯蒂·卡兰–琼斯的纪录片《猫女》、美国摄影师布里安娜·威尔斯的肖像系列《女孩和她们的猫》以及维克图瓦·蒂阿永的播客节目《餐桌上的猫》中的一集。[①]但在我看来，似乎还缺少一个论点。这个论点不仅要向他人说明老女孩并不像人们想象的那么惨——她依然性感，她有自己的生活，她有自己的事业，她不是疯子，而且还要从根本上改变人们对养猫的老女孩的看法。为什么要选择这种动物来象征这些女性的让位呢？猫和我在幻想中的战场上与我并肩的猎犬不同，它是一种永远不会被完全驯化的动物。猫不管受到何种关爱，都永远保有独立性。它随心所欲地做自己喜欢的事情，而从不担心主人的意见。也许这正是猫女孩们受到批评的原因。她们认为自己的独立优先于对爱的希冀，她们不在乎"主人"的想法。

因此，将猫和独身女性联系在一起的最准确的代言人可能不是小伊迪，而是蒂姆·波顿（Tim

① Stephanie Butnick,《I'm a cat lady ? Thank you 》, *New York Times*, 28 mars 2014 ; Nadia Daam, *Comment ne pas devenir une fille à chats*, Mazarine, Paris, 2018 ; Christie Callan-Jones, *Cat Ladies*, documentaire, 2019 ; BriAnne Wills, *Girls and Their Cats*, Chronicle Books, San Francisco, 2019 ; Victoire Tuaillon,《Le plan cul et la vieille fille à chats 》, *Le Cœur sur la table*, documentaire radiophonique, Binge Audio, 2021.

Burton）电影中的"猫女"。在1992年上映的《蝙蝠侠归来》（*Batman Returns*）中，由米歇尔·菲佛饰演的塞琳娜·凯尔在穿上猫女装之前完全就是个经典老女孩形象。在她身上可以找到老女孩的所有特征：笨重的眼镜、凌乱的头发、棕色调的衣服、两厘米的低跟鞋、从事服务类工作（她是一名助理）、在工作中或在街上都毫不起眼、不被倾听（她在会议上试图分享自己的想法，但徒劳无功）、绝望地渴望着情感（她有很多毛绒玩具，但一旦猫女出生，它们就会被扔进粉碎机）、明显缺失的丈夫、作为替代品的猫——当她回到家的时候，她说："亲爱的，我回来了。哦，不，我忘了，我没结婚。"然后就去给猫倒了一碗牛奶。但在她因为发现老板的秘密而被推下窗台后，正是这些猫让她起死回生。她面无血色地倒在柏油路上，突然，小巷里跑出几十只猫，它们包围着她、轻咬着她。她成了猫女，也摇身一变，成了火辣的美女（这是有问题的，我们稍后会讨论这个问题）。但即使猫女摆脱了老女孩的烙印，她仍然拒绝承诺。她仍然单身，她只想按照自己的方式生活，她没有屈服于蝙蝠侠，尽管他有一身好肌肉，但他：一、不如她聪明，二、是她的敌人。

　　不同版本中猫女的故事各有不同，但讲的始终都是一个经受过暴力的女性通过转变来扭转耻辱、解放自我的故事。这也是猫女在DC漫画宇宙中被贴上女权主义标签的原因。但这同时也引出了另一个问题。一个女人有可能无缘无故地变成老女孩吗？似乎不可能，因为"老女孩"首先是一个象征、一个令人厌恶的形象，用来警示女人们：如果你那样了，你就会这样。因此，首先她需要被人们轻易地识别出来（这样她们就能成为靶子），然后人们便可以谴责她或同情她。这些选择只是一枚硬币的两面，重点始终是要表明老女孩和我们不一样。正因为我们不理解她的选择，正因为我们从未想过这也可能是一种选择，所以外界才会寻找原因来解释这些可怕的后果。人们坚信，没有女人可以拒绝婚姻生活和（或）家庭生活的吸引力，所以对于那些已经有恋人和家庭的人来说，老女孩身上必须要被贴上或隐或显的缺陷标签，用以证明男人对她们的兴趣缺缺是有道理的。

对你来说太丑了

人们首先会说：她的外在不讨人喜欢。老女孩首先要是一个丑陋的女孩，或者至少是一个不知道如何保养自己、如何让自己显得漂亮的女孩。和疯癫一样，我们很难判断丑陋是成为老女孩这件事的原因还是结果。猫、披肩、凌乱的头发和腿毛都是她们身体上的标记，而这些标记究竟是在何时产生的？随着时间的推移，答案已经模糊不清了。她是一开始就没有吸引力，还是因为被人忽视，才逐渐"走偏"了？是因为没人想要她，所以她才变得不可爱了吗？

　　这个问题并不像人们想象的那么肤浅，因为在这两种情况下（生来丑陋铸成失败定局；或者生来漂亮却因为不努力自卖自夸，以至于最终沦为丑女），老女孩外表上的不讨喜都被视为一种警示，应该引起重视。如果她从一出生就丑陋不堪，就相当于被打上了某种诅咒的烙印，这种诅咒将不可挽回地影响着她的未来（长得丑一直被视为魔鬼的标志）。如果她是在生活途中变得丑陋的，那她的罪过就是懒惰，而且没有参与"好女人市场"。在这两种情况下，她都是自作自受。这是一种危险的想法，然而我们每天都在一点点地吸收这种想法。这危险的想法试图告诉我们，世上存在着一种外貌上的优绩主义。就像任何一种信奉优绩主义的制度一样，人们忘记了有些人生来就有遗产可继承（指的是遗传），忘记了世上有多种的利害得失（除了"登上顶峰"的意思以外，还指欲望），也忘记了系统机器的存在（指的是女性必须不断适应变化着的审美标准）。就像在商业世界中那样，一切都是意志问题：只要女性愿意，她们一定可以变得美丽而性感。无论社会是否谴责使用整容手术或Instagram滤镜的行为，无论社会对漂亮的定义和庸俗的定义是否精确而又不停变化，女性都应该尽一切可能、做必要的努力，使自己自然而然地成为符合社会理想的女性。但老女孩似乎并没有做出这些努力，所以她活该。

这种机制已经渗透到流行文化的各个角落。从改造类节目——参赛者看到镜子中变美的自己就激动得泪流满面，到塞琳娜·凯尔变成猫女的能力，再到所有经过外形转变的影视女主角，一切都在告诉我们，女性可以变得美丽而多样。她所要做的就是选择自己想成为的样子。动画片《魔法公主明琪桃子》①中明琪桃子的变身给我留下了童年最深刻的印象。她一挥魔杖，就从小女孩变成了女人，起初她赤身裸体，袒露乳房，后来总是穿戴漂亮，每次扮演一个新的角色。在每个女人都应该拥有的无限可能中，老女孩为什么偏偏要选择做"老女孩"呢？

人们可以接受的故事是：一个女人认为自己的长

---

① 又译《甜甜仙子》，日本电视动画片《魔法公主》动画系列的第一部，《欢欢仙子》《俏皮小花仙》同属该系列。总监督是汤山邦彦（代表作《宝可梦》系列）。——编者注

相不讨人喜欢，并带着某种程度的不甘心为自己成为老女孩的命运做准备，但在最后一刻，她做出的努力得到了回报。这是因为，归根结底，这个故事的寓意是，在老女孩丑陋的毛衫下面隐藏着的是美丽年轻的女性躯体，她们只需要稍微修修眉毛、戴上隐形眼镜，就能展现出自己的全部潜能。电视剧《丑女贝蒂》可能是最鲜明的例子。正如剧名所示，贝蒂是个丑八怪。而她在"丑人的地狱"——一家时尚杂志社工作。她能受雇在那里担任助理，是因为她的长相能让老板专心工作。当然，她很聪明，工作也很努力，但她还是很丑。要等到第四季第17集，观众们久久等待的奇迹才会发生。到那时，她的转变让所有同事都像泰克斯·艾弗里（Tex Avery）动画中的狼一样瞠目结舌。在她的丑牙套、旧裙子和厚眼镜下面，竟是这样一颗能量巨大的炸弹。"丑女贝蒂"能摆脱老女孩的命运，是因为她找到了改变的方式。

但是，那些不想紧跟审美的人会怎样呢？那些不在乎自己是否讨人喜欢的人会怎样？假如她们保养自己并不是为了诱惑异性呢？我们该拿这些"不可救药"的人怎么办？我们啥都不做。

怀疑的时代

我们可以从各种方向来理解，但老女孩的问题在于：她不想有诱惑力，或者，她就是没有诱惑力。这让她无法融入任何地方。这肯定会让她与异性的关系变得复杂，也会让她与女性同伴们的关系变得复杂，就好像老女孩天然带着一种人们应该警惕的污染力量似的。我们所观察到的老女孩的所谓的外表上不讨喜的刻板印象，也很容易被转嫁到对她们性生活的评价中。因此，无论她是自愿还是无奈，无论她有性欲还是缺乏性欲，都是问题。

因此，外界试图为老女孩无法欢天喜地地迎接"夫君"找到合乎逻辑的理由。既然不与异性交往是最主要的恶名，那么老女孩就可以被认为是女同性恋。而女同性恋则可能被人视为一种罪恶，或直接被认为是另一种性别。在被送进精神病院之前，玛德琳·佩勒蒂埃（Madeleine Pelletier）曾在1906年成为法国第一位精神病学专业毕业的女医生，同时她也是一名社会主义者和无政府主义者。她贫穷的母亲曾有过12次怀孕经历。后来，玛德琳·佩勒蒂埃决定将贞洁当作一种斗争——她把独身定义为一种"优越的状态"。然而，在警方关于她的报告中，她被描述为"tribade"，这个词是在指控她犯有女同性恋罪，然而，玛德琳·佩勒蒂埃在生活中从未有过任何女同性恋的迹象。我的朋友安娜莉丝出生的家庭比20世纪初要宽容太多了，但她也曾经被迫"出柜"，只不过她的"出柜"指的是告诉家人自己是异性恋。那是在2013年的一次聚餐上，那时候，法国《人人有结婚权利法》(*Marriage pour tous*)①刚通过，围在桌旁的家人笑着，神情激动。她一开始没有理解，家人们好像在期待着什么，是什么呢？他们对她说："你一定很高兴，不是吗？""这对你是个好消息。"安娜莉丝这才发现，自己的独身生活好像被理解为一种她并不自认为如此的性取向，因此她不得不向叔叔"出柜"，解释自己其实是异性恋，只是没有伴侣而已。她不是女同性恋，那又怎样呢？

　　我越是长时间没有性生活，"性冷淡"这个词就越是经常出现在我的脑海里。如果我连续几个月都不考虑这些事的话，那是否说明我真的有点性冷淡了？毕竟，性冷淡也是老女孩的主要特征之一。她对肉体的享乐不感兴趣，不然就是她从生理上无法享受。"老女孩"最初的定义就是一生都是处女的女人。她仍然是一个女孩，从来没有成为一个女

---

① 2013年4月23日，该法案由法国国民议会表决通过，5月18日，由时任法国总统奥朗德正式签署，对同性恋婚姻及收养子女的权利做出了规定。——编者注

人，她的童贞还没有被破坏，也就不被允许进入成人的世界。随着时间的推移，"老女孩"的定义逐渐改变，现在它指的是没有丈夫也没有生育的女性。在2012年之前，在法国，这样的女人还必须在行政文件上（以及在某些法国电影中）声明自己是"Mademoiselle"[①]。这些词汇上的变异依然保留了"不感兴趣""在性行为中体验不到欲望和（或）快感"的含义。

这种"失调"是如何成为老女孩的特权之一的？直到18世纪末，还没有人会称女人性冷淡。"性冷淡"一词来源于拉丁语中的"frigiditas"和"frigidus"，意为寒冷，而这种突如其来的寒冷是只有男人才会遭受的。根据当时的气质体液说，男人是活跃的，就像火车头一样，需要热量来完成性行为。因此，温度降低就可能导致性欲减退。而女性则被认为天生被动，本质是寒冷的。既然她已经很冷了，就不存在冷却一说了，因此在当时，女性性冷淡的概念就只能是一个毫无意义的伪命题。但到了19世纪，女

---

① "Mademoiselle"在法语中是对未婚年轻女性的称呼，即"小姐"。在2012年之前的法国，未婚未育的女性，无论年龄如何，都会被归为"Mademoiselle"而非"Madame"（女士），这一称呼写在行政文书和信件抬头等很多地方，从而表现出女性的婚姻状态。而男性自始至终只有"Monsieur"（先生）一个称呼，无论婚否。法国政府于2012年宣布废除行政文书上"Mademoiselle"这一称谓，仅保留"Madame"和"Monsieur"，且词汇含义与公民的婚姻状况不再相关。——译者注

性性无能的概念逐渐流行起来。不过人们并没有使用"性无能"这个词形容女性，因为要说她变得无能的话，就是在暗示她本来应该是有能力的、有力量的，而这是男性的特权，所以人们才用了"性冷淡"这个词。这指的是女性自然状态的一种放大，指的是性交时没有快感，甚至完全麻木的状态。20世纪，《精神障碍诊断与统计手册》（DSM）的问世奠定了这一切，这本精神疾病目录由美国精神医学学会出版，是精神科医生名副其实的"圣经"，尽管它经常被批评倾向于制造难以摆脱的框架。第一版手册于1952年问世，将性冷淡和性无能归类为"性功能失调"。在随后的版本中，"性欲减退症"加入了"性功能失调"的行列，它指的是长期或永久对性缺乏兴趣。认为每个人都有满足性欲的愿望，这种观点看似是一种进步，但有些人则认为，将这些疾病纳入手册是对20世纪初一场革命的高度规范性总结：当时，为了消除性压抑，一些医生、精神病学家、精神分析师和知识分子提倡性快感是个人满足的先决条件（是的，压力这不就来了）。

　　如今，"性冷淡"已成为一种侮辱，主要被男人用来形容在他们面前没有表现出丝毫快感或欲望的女人。他们首先指责的是女人没有赞叹他们的表现。这也是《她的国》（Herland）书中的角色特里的观点。

这本小说由夏洛特·珀金斯·吉尔曼于1915年出版，但直到2016年才被翻译成法文。在书中，特里由于试图强奸他的妻子，被逐出了这部小说标题所称的女性乌托邦：

> 现在每时每刻都有人在监视着特里，认为他是危险的，犯下了她们认为不可饶恕的罪。
>
> 特里嘲笑她们冷漠的恐惧。"一群老处女！"他这样称呼她们，"就是群老处女——无论长幼，对性一无所知！"
>
> 特里提到"性"的时候，指的是大写的"性"，也就是属于男性的"性"，指有特殊价值的"性"，指绝对相信"生命动力"的"性"，指只注重愉悦而忽略真正生命历程的"性"，以及其完全从自己的角度阐释另一性别的"性"。①

书中的特里是由三个美国人率领的探险队的一员，在探险结束时，他们发现了一个由女性治理和居住的小国家。这个女性乌托邦的名字就叫"她的国"。作者夏洛特·珀金斯·吉尔曼是美国社会学

---

① Charlotte Perkins Gilman, *Herland*, Pavillons Poche, 2019, p. 256.（中译文引自［美］夏洛特·珀金斯·吉尔曼：《她的国》，朱巧蓓等译，北京时代华文书局，2014，第185—186页。——编者注）

家，她的第一项成就是在1898年发表了《妇女与经济》（*Women and Economics*），这是一份呼吁妇女经济独立的宣言，已被翻译成七种语言。尽管她粗暴地支持种族主义，主张对黑人实行某种形式的奴役，还认为黑人属于欠发达种族，但她对当时的女性主义的确产生了巨大影响，尤其是在小说中，她塑造了一些不同于常见的家庭主妇的女性形象。在现实中，夏洛特·珀金斯·吉尔曼在拒绝过后，最终还是嫁给了一个男人，并生下了一个女儿。她经历了严重的产后抑郁，这也成了她1892年《黄壁纸》（*The Yellow Wallpaper*）一书的主题，而后，这本书成为她最著名的小说。她和丈夫分居后，选择让女儿去和丈夫以及丈夫的新妻子一起生活，她认为这样安排很好。

在《她的国》中，她描述了一个蓬勃发展的女性文明，几千年来，男性一直被排斥在这个文明之外（三位探险者是被允许进入该国的第一批人，他们在严格监督下经过了几个月的"学徒期"才最终进入）：

起初，她们拥有高度发达的文明，就像古埃及和古希腊那样。然后她们失去了与男人有关的一切。最开始，她们觉得劳动力和安全保障都随之消失了。但后来，她们拥有了这种单性生殖的能力。这之后，

由于子孙后代的兴旺发达全都得靠这个，她们开始
了最全面、最精细的协作。①

最重要的是，在书中，她既描述了在性完全消
失的单性社会中有着怎样的和谐氛围（因为她们已经
发展出一套不需要性的生育系统），也描述了抵达那
里的探险者有多么不理解，他们惊讶于自己没有受
到张开双臂的欢迎，也讶异于女人们居然没有迫切
抓住他们到来的机会，让他们修理东西，并学习他
们两性社会的完善之处。

然而，一些老女孩，尤其是英国皇室或纽约上
流社会的老女孩，只要够任性，就能摆脱这种评判。
她们可以过上放荡不羁的生活，到处旅行、开香槟
派对、年轻男子围绕在身边以供消遣，她们大可以
借此摆脱性冷淡的嫌疑——无论人们是否了解她们
有没有性生活。这就是帕特里克·丹尼斯（Patrick
Dennis）小说《欢乐梅姑》（*Auntie Mame*）中同名女
主人公的故事。这部小说于1955年在美国出版，最
初，它曾被多家出版社退稿，但最终成了畅销书。谁
会不喜欢这个疯狂的姑妈呢？她带着侄子经历了在普
通家庭中不可能发生的疯狂冒险。另一方面，如果一

① Ibid., p. 132.（中译文同上书，第91—92页。——编者注）

个女性好像无法享受生活和乐趣（难道生活的乐趣就只有性或食物吗？），那么人们就更要怀疑她们性冷淡了。毕竟，他们见什么都不高兴，所以并不能怪男人没满足她们，这样的解释就能让男人放心了。

这就是一个老女孩的全部。当我们谈论她时，无论她是丑陋还是邋遢，有猫还是没猫，有性还是没性，她都是这样。全都是因为她的拒绝，因为她确实或只是被假定无法与男人相伴，也无法与他们的价值体系相融。这是她的原罪，是一切的根本原因，是老女孩的罪恶之源。老女孩之所以受到批评，是因为她们不需要男人和孩子，而这两种事物本来可以换取女性对家长权威的服从。看看今天人们对组织"无男性聚会"的狂热反应吧，我们会发现，在《她的国》面世一百多年后的今天，要是谁想在没有男人的情况下独活，仍然会被认为是对男人的极大冒犯——即使她们并不恨男人，只是像《她的国》中的女人们一样不再需要男人而已。但是，相比认为老女孩是因为男女关系失调而选择逃避，人们还是倾向于把她们看作是不称职的、被诅咒的和忘恩负义的。人们自然而然地认为她们厌男，甚至打心底里认为她们厌世，无论她们的社会生活、友谊关系和政治参与实际上有多么丰富。从根本上说，人们觉得老女孩就不喜欢人类（这种说法总算比厌男要更好接受一些吧）。既然我们需要一个葛德文式的观点，在《第三帝国的语言》①这本书中就能找到。德国语言学家维克多·克莱普勒在这本书中写道：

> 当我妻子听到这个消息时，她说："我早在1933年就告诉过你，B是一个歇斯底里的老女孩，她把'元首'当救世主了。希特勒就是靠这样的老女孩才变成那样的，他掌权之前就已经靠她们支持了。我想再回答你一次，虽然我以前也说过：你对那些歇斯底里的老女孩的评价虽然准确，但她们比这更甚。"②

即使是在专门解构纳粹新语言及其作为宣传工具的书中，仍然充斥着有关老女孩的陈词滥调——她是"歇斯底里"的。

标准问题

不管是真实还是猜测，人们大多认为一个女孩

---

① 这部作品记录了纳粹时期语言是如何被用作宣传和控制人民的工具。克莱普勒分析了纳粹宣传中的语言特点，如使用极端和排他的词汇，创造新词以适应纳粹意识形态，以及通过语言的简化和重复来加强对群众的心理控制。——编者注

② Victor Klemperer, *LTI, la langue du IIIe Reich*, Pocket, 2003, p. 149.

之所以会变成老女孩，多少和她受到的羞辱有关系。在狄更斯笔下，《远大前程》中的哈维沙姆小姐就是如此。她爱上了一个只图钱财的男人，却在结婚之日穿上婚纱的时候收到一封简单的分手信，就这样被抛弃了。哈维沙姆小姐在受到这种侮辱后，把家里的钟全都停了，并发誓再也不脱下婚纱，即使那衣服在此后长年累月的时间里变得破烂不堪。因为赌错了马，哈维沙姆小姐成了一个老女孩，最终穿着那条从未派上用场的婚纱死去。她的命运再次给年轻人敲响了警钟。这个女人的悲剧并不在于爱情上的失意，而在于她的固执和不灵活。她想要的很多，却没有得到，于是她傲慢的自我受了伤。她虽然像个疯子，但我很喜欢她的一点是，她没有服从人们对老女孩的要求 —— 大幅降低自己的标准。老女孩的故事往往就像纸牌游戏。她们玩了，也输了。

那么，输了游戏的她们将何去何从？是再战一场，还是黯然离席？第二种选择更加决绝，但在我看来，它也更能显示出一种潇洒。如果想重塑自我，她们的规则就已经和最初有所不同了。如果她们想继续留在牌桌上，就必须做小伏低，从此不再努力想着赢得大奖，而只在乎如何减少损失，若是哪位大善人愿意扔点面包屑，她们也欣然接受。多卑微的女孩啊，她们乞求着潜在伴侣的爱和关注，简直把自己变成了爱情乞丐。

　　法兰西·高[1]在1968年的歌曲《老女孩》(*La Vieille Fille*)中，唱出了老女孩的困境：

　　来一个田间汉

　　来一个城里人

　　有钱或是没钱

　　学者或是笨蛋

　　诗人或是军官

　　或者是曼陀林琴手

　　请不要让我

　　到死还是个老女孩

　　一旦错失良机，老女孩就只能无限妥协，努力取悦任何人。她宁可接受任何妥协，也不愿遭受"过期"的厄运：

　　我不会有任何责备

　　我不抱怨也不嫉妒

　　做个真正的珀涅罗珀[2]

---

　　① France Gall，20世纪60年代法国著名流行歌手。——编者注
　　② 出自《奥德赛》。珀涅罗珀是战神奥德修斯忠贞的妻子，在丈夫远征特洛伊失踪后，她拒绝了无数求婚者，始终等待丈夫归来。后人将这个名字引申为"忠贞"的代名词。——编者注

做个模范好妻子

他可以把我省下的钱

拿去外面喝咖啡

现在由你来评判

选我是不是很划算

法兰西·高的这首歌在性革命的时代中略显冷门，在卡拉OK派对上也从未像她的《反抗》（*Résiste*）或《他站着弹钢琴》（*Il jouait du piano debout*）那样被热烈传唱。然而，这首歌描述了那些没有找到合适伴侣的女人要承受的巨大压力，随着时间的推移，她们发现人们好像微妙地邀请她们降低期望值。最直接的说法是："你要求太高了""你总不能什么都想要吧""你太挑剔了""也许你的眼光太高了"。委婉些的会说："你知道，爱情也是需要努力的""爱情可不像电影里那样""至少他是个好人"，等等。而我，我并不想降低要求。我并不想放弃我的高标准，虽然我知道我的标准很难达到。但是，很容易达到的标准又有什么意义呢？独自生活了这么久，我已经学会让自己成为我最好的伙伴。我很自立，懂得尊重自己、爱自己。我不再等着另一个人来让我完整。我已经完整了。我择偶的标准就是：一个我不需要的人。

不过，和其他大龄单身女性一样，我也经常收到很多不请自来的建议。这些建议通常并非来自新婚车队的旁观者，而是来自婚礼的主角。同样是这些人，他们把大量精力投入昂贵的婚礼筹备之中，撰写美妙的Instagram帖文来讲述他们奇迹般的结合。他们显然不会在婚礼蛋糕前致辞时，或在他们帖子下的评论里说："嗯，结婚确实和我梦想中的不太一样，但最终还是会好起来的吧！"如果我们把少数几个真正完美的爱情故事排除在外的话，该如何理解其他那些不完美爱情故事主人公的做法呢？只能有两个假设：第一种假设是，这些伴侣其实做了一些放弃，只是他们不愿意说出来；第二种假设是，他们其实从未想过这一点，他们真心相信自己找到了合适的"唯一"，但我们也会同样真诚而目瞪口呆地看到他们的结合慢慢腐化或在半空中直接爆炸。只有当你确信自己在爱情里中了头奖的时候，才会同意将自己的生活与另一个人的生活相融，不管是在法律意义上还是在其他方面。但没有人愿意听这样的故事。那务实的故事、那因为害怕空虚和孤独才找人作伴的故事，最终都被转化成了奇妙启示和伟大命运的故事。

也许这就是为什么老女孩在以伴侣和家庭为主的社会中成为禁忌。因为她通过拒绝加入其中的方式，揭开了伴侣和其他家庭成员实际面临的恐慌——他们感到了冒犯。她们揭开了一个镌刻的事实：这样的感情和关系框架有时已经和爱情无关了，因为爱情是稀有的，不可能人人都能得到。

赏味期限

蝙蝠侠有小丑，夏洛克·福尔摩斯有莫里亚蒂，卢克·天行者有达斯·维达。所有故事中的英雄都有他们的涅墨西斯，也就是故事的反派、主角的对手。这些乍看之下对立的两个人——一个站在正义一边，另一个站在邪恶一边——其实彼此是非常相像的，虽然他们不愿承认。在希腊神话中，涅墨西斯是神的化身，她对那些企图逃避命运的人降下神罚。因此，反派时刻提醒着英雄什么事情不该做。老女孩又是谁的涅墨西斯呢？——年轻的女孩们。

2001年，与居伊·德波著作关系密切的法国激进左翼团体堤昆（Tiqqun）出版了《花季少女理论的初步材料》一书，这本书最初以免费阅读的方式发布在网上，后来由一千零一夜出版社印刷出版。为什么这本书标题的"少女"一词刻意在写法上有所不同呢？①因为堤昆笔下的"少女"不一定是年轻的，甚至也不一定是女孩。她代表的是消费社会的标准公民，痴迷于青春和欲望，但最终自己也沦为一件商品。这本小册子围绕着一段让人想砸碎一切的引言展开，随后是一系列箴言、诉说、口号和摘录，它并没有试图勾勒出这个"Jeune-Fille"的典型形象，不过还是表明她首先是一个幻想的容器，就像没有大写字母和连字符的"jeune fille"一样。她不是一个独立的个体，而是一个刻板的形象，一切事物及其反面的标签都可以贴在她身上。她与老女孩形成鲜明对比。老女孩因为太过与众不同，因此无法成为任何乌托邦或任何投射的支撑。

然而，投射，以及无视被投射者的现实，才是构成最强烈的爱的感觉的因素。这就是法国历史学家阿兰·科尔班在他的《梦中情人》一书中所描述的。在这本书中，他描绘了几位理想女孩的形象，这些女孩有时只是一瞥惊鸿，却永远为人所爱，并在小说、神话和诗歌中永垂不朽。"这群跃然于纸上的女孩，在不直接引起性欲的情况下，影响了人们

---

① 少女的法语是"jeune fille"，但在书名（*Premiers Matériaux pour une théorie de la Jeune-Fille*）中写的是"Jeune-Fille"，这是把"少女"提取为一个形象进行探讨。——译者注

对爱情的部分想象。"①这些梦中情人一直是爱情的典范，直到19世纪中叶，艺术家们才转而喜欢邪魅的女人，而后到了1870年，社会开始崇尚调情和暧昧诱惑，这些女孩的形象也就逐渐销声匿迹。从狄安娜②到伊索德③，再到朱丽叶和堂吉诃德的杜尔西内娅，这些女孩的共同点是她们的贞洁、谦逊和"可远观而不可亵玩焉"——她们有些甚至并不爱那些将她们视为偶像的人。那些爱慕她们的人与其说是想与她们建立关系，倒不如说是想把她们作为永恒的回忆留在心间。谈到伊索德（崔斯坦的爱慕对象），科尔班回顾了瑞士文化理论家德尼·德·鲁热蒙在他最著名的作品《爱情与西方世界》里的分析："伊索德是那种男人不会娶的女子，因为一旦娶了她，她就不是原本的她了，也不再值得爱了。……感动我们的不是他们在一起，而是分离时的思念和回忆。"④如果她要永远完美，就必须不断拒绝男人，又不能让这种朦胧美褪色，也不能老去。因此，这些梦中情

---

① Alain Corbin, *Les Filles de rêve*, Flammarion,《Champs histoire》, Paris, 2016, p. 12.

② 狄安娜是古罗马神话中的掌管月亮和狩猎的女神。——译者注

③ 伊索德是中世纪经典爱情故事《崔斯坦与伊索德》中的女主角，她因救治骑士崔斯坦与其相恋，但因种种阻碍，他们的爱情没能持续，故事以两人爱而不得、双双死去而结束。——译者注

④ Ibid., p. 49.（中译文引自［瑞士］德尼·德·鲁热蒙：《爱情与西方世界》，张文敬译，商务印书馆，2019，第40、48页。——编者注）

人死去之后，才是最被热烈爱着的时候。被忒修斯抛弃的阿里阿德涅投海自尽（在某些版本的神话中）。《保尔与维吉妮》[①]的维吉妮宁死也不愿被赤身裸体的船夫所救。夏多布里昂笔下的阿达拉爱上了夏克达，宁愿服毒自杀也不愿背叛承诺。[②]在19世纪，保护少女的贞操是一个重要问题，这也鼓励了对圣女菲洛美娜的崇拜："这位圣女从未存在过，但阿尔斯的神甫却将他所创造的奇迹归功于她。传说，她宁死也不愿将自己献给罗马皇帝戴克里先。在19世纪，许多年轻女孩向圣女菲洛美娜祈求保持自己的纯洁。"[③]

所以，老女孩要想逃脱所谓的恶名（贞洁、拒绝爱情和男人），只需要在年轻的时候死去，这样她们就能成为老女孩的对立面——梦中情人。我真该想到的。

---

① 著名法国作家贝纳丹·德·圣比埃尔的代表作。——编者注
② 这一故事来自法国浪漫派先锋作家、散文家夏多布里昂的小说《阿达拉》。阿达拉因为皈依基督教，不能与非基督徒夏克达结合而服毒自尽。——译者注
③ Ibid., p. 18.

第三章

陪护与监督

　　大学五年级的时候，我去清洁派地区①旅游，那里的一座城堡给我留下了深刻的印象，我还从商店买了明信片写给家人，说我玩得很开心，这里天气也很好。明信片上的照片就是从空中俯瞰佩雷珀图斯（Peyrepertuse）城堡拍摄的，那是欣赏其悬崖顶端位置和防御工事曲线的最佳角度。2019年夏天，我又独自一人去了科比埃（Corbières）度假，这样我可以在那里每天开车，又不会因为担心翻进沟里或撞坏收费站的栏杆而焦虑得满头大汗。当我出发前往佩雷珀图斯城堡时，我的驾驶技术已经熟练到可以开着窗抽着烟，看到河流就随时停下，还可以自己给车加油而不用担心放错汽油枪、炸掉加油站。我开始觉得自己所向披靡，于是使出浑身解数开上了城堡，却发现——该死，停车场已经爆满。20年来，我一直只会人字形停车法，但在这特殊的一天，这行不通了。我试图挑战自己，停进一小块空地，最后因为担心不仅会刮花

————————
　　① 清洁派地区（le Pays Cathare）位于法国南部，曾是基督教清洁派活跃的地区，现存多处城堡废墟。清洁派信仰二元论，视物质为恶、精神为善，主张守贫和禁欲的苦修。——译者注

租来的车，还可能把周围所有的车都刮花，我在一阵手忙脚乱中把车子抛锚了。我的车"完美"地堵住了路，于是像在飞机上遇到乱流时经常做的那样，我拦住附近的人，希望我在车灯照亮下那双可怜巴巴的眼睛能够激起一些同情。一位带小孩的父亲主动提出帮我停车，还好心地把车停在一个容易开出来的位置，以便我之后能够安全地把车开走。我很高兴，但他的家人就没那么高兴了。随着时间一分一秒地流逝，他的妻子和两个孩子开始焦躁起来，敲打着手腕上的假想手表，催促说猎鹰表演就要开始了。猎鹰表演？直到和其他人一起坐下抽烟的时候，我还在脑子里思考着是不是应该反对这种民间表演。然而，一个小时后，墨镜后的我就感动得不停啜泣了，猎鹰飞翔的美丽和它们散发出的自由气息迷住了我。猎鹰饲养员解释说，猛禽是无法驯化的，我们只能让它们习惯人类的存在，要是用以前的老方法，鹰会非常不高兴。所谓捕鸟的老方法就是给它们罩上一顶皮帽，同时抚摸它们，减少它们被捕捉时的愤怒。这种帽子被称为"chaperon"。

　　如今，"chaperon"这个词也有陪护者的意思（但其实用的更多的是"chaperonne"[①]），指那些需要陪

伴年轻女孩出行，行监护职责的人。陪护者一般是年长者或非常有责任心的人。这一角色通常由老女孩担任，她的职责包括照看进入上流社会的名媛，尤其是家庭中的母亲缺席时。这也是对老女孩的一种社交性交换，因为她们本有很多空闲时间，却被排除在很多聚会之外，而当她们担任这个角色，便可以参与这些聚会了。在社交场合，她们作为女孩的陪护者，承担扫兴鬼的角色，恪守着永恒的贞洁，她们无法忍受最轻微的触碰，也抗拒表现出哪怕一丁点喜悦的样子，因为这些都会显得不适宜。在弗朗索瓦·欧容的《八美图》①中，由伊莎贝尔·于佩尔饰演的奥古斯汀就扮演着这一角色。奥古斯汀是个老女孩，靠姐姐资助生活，负责照顾母亲。她拥有所有这些特征：虽然她自称是一个"贤惠正直的女人"，但她脾气暴躁，还戴着一副给人一种严厉印象的眼镜，穿着沉闷的酒红色裙装（影片中的其他七位女主角都穿着鲜艳的衣服），在别人看不到的时候偷偷阅读爱情小说。她吝啬（把巧克力藏在房间里）、多疑（总是眯着眼睛看人，还在门后偷听）、厌世（得知一家之主去世的消息时，只有她还在吃饭）。

①《八美图》（8 femmes）是一部由弗朗索瓦·欧容（François Ozon）执导的法国悬疑犯罪歌舞电影，讲述了法国小镇一富裕家庭男主人被谋杀，在场的八个女人互相猜疑和揭发的故事。奥古斯汀是男主人的小姨子，暗恋着姐夫。——编者注

当最年长的外甥女回家后，奥古斯汀马上严厉地问她学习怎么样、考试有没有作弊。奥古斯汀对小外甥女也同样不友善，总是责备她不关灯。作为一个尽职的陪护者，她把时间都花在了维护家庭秩序和美德上。

在西班牙传统中，也有这样的"女傅"角色，这类年长妇女负责陪伴年轻女孩外出，并在她们回来后向家中主母汇报。无论她们是否受到嘲笑，她们都是道德秩序的守护者，负责确保少女行事不出差错，并保证现有规则得到尊重。她们的角色与图书管理员或学校老师很类似，这两类人物的形象也经常与老女孩的形象重叠。我尤其记得《草原小屋》①中可怜的女教师伊丽莎·简·怀尔德，每次去看望外婆时，我都会津津有味地翻起这本书。伊丽莎是个内向的老女孩，和哥哥住在一起，除了努力管理班上不守规矩的学生之外，她没有别的事情做。最后，她放弃了工作，把房子留给了劳拉·英格尔斯和她的新婚丈夫。

因此，陪护者也是道德的守护者。她必须确保在她照看下，初入社会的少女可以遵守一系列旨在

---

① 《草原小屋》（*Little House on the Prairie*）出自美国作家劳拉·英格尔斯·怀尔德（Laura Ingalls Wilder）的半自传体小说系列"小屋"，被多次改编为电视剧。书中的伊丽莎是劳拉的老师。——译者注

保护女孩们的清白和她们在潜在丈夫眼中的可取性（矜持、贞洁、谦逊）的原则。她目光炯炯，手拿扇子，做的事情就像美剧《发展受阻》（*Arrested Development*）中乔治·布鲁斯的狱警一样，当看到有囚犯想伸手触碰时，就大喊"不许碰"。陪护者之所以如此关心她照看的女孩的肉体完整性，不仅是为了让少女免受耻辱，也是为了避免整个家庭蒙羞。乔治·维加雷洛指出，在大革命之前，女孩的贞操并不完全属于她自己。强奸之所以受到谴责，是因为它和少女可能遭受的任何耻辱一样，损害了女孩的家庭。[1]因此，老女孩作为家长圈子中的一员，有权对能做什么和不能做什么发表意见。这似乎很过时，像是中世纪才会发生的事，但我们中间有谁不曾反思过，自己的行为是否玷污了我们的家人或亲人？"你在大街上是怎么站着的？""你在跟谁说话？""你把我当成什么了？""你真的要穿成这样出门吗？"这些都在表明，一个人的道德可能在某种程度上取决于另一个人。做出这种判断的人本身就给人一种权威感。一旦某种"离经叛道"的行为逃过了本应行使这种权威的人的注意，这种权威就会受到

---

① Georges Vigarello, *Histoire du viol. xvie-xxe siècle*, Paris, Seuil, 1998.（乔治·维加雷洛是法国历史学家和社会学家，身体史研究领域的先驱。——编者注）

质疑。在真人秀节目《兰达岛》①中，我们也多次看到这种情况发生在那些像首领一样给部落下命令的男人身上——当蒙迪尔说"管好你的妻子"，或者当克劳德说"让你的小崽子冷静点"。

但是，陪护者的角色又是模糊的，因为她在"守卫要塞"的同时，还得负责在适当的时候"攻占要塞"。除了陪同以外，老女孩还经常充当"红娘"的角色。巴尔扎克的小说《贝姨》中的同名女主角就是这样的例子，人们认为她长得太丑了，结不成婚，但她却包办了家族中所有的爱情事务。类似的角色还有维克多·雨果的《欧那尼》中的堂娜·约瑟华·杜亚特、埃德蒙·罗斯丹的《大鼻子情圣》中的保姆、博马舍的《费加罗的婚礼》中的马尔斯琳。这种模糊性尤为残酷，因为她的角色是正确引导少女走向正确的婚姻，但她自己却对婚姻的现实一无所知。同样，她的职责也是执行她所应用的原则，这些原则如此严厉，以至于令她本人永远关闭了爱情舞会的大门。如果她不是刻意想让年轻女孩们接受某种形式的欺凌，又该怎么解释她不知变通的态度呢？就像所有的欺凌一样，这种欺凌靠着"我也经历

---

① 《兰达岛》是一档法国探险节目。节目组每次会组织20人左右的玩家去荒岛录制，在恶劣的环境中，他们需要靠自己获取生存所需的物资，最终胜利者可得到奖励。——译者注

过并幸存了下来"作为理由，将这种残酷合法化。

对于年轻女孩，尤其是那些在陪同下参加舞会的女孩来说，老女孩的作用还在于维护这样一个神话：初入社交场的单身女孩会比已婚女子受到更为严格的"监视"。一旦结婚，少女就能摆脱陪护者僵化而严厉的对待，尽情享受婚姻的欢乐和自由，而这样的自由正是靠她们的自持换来的。老女孩陪护者就像一扇屏风、一个幻象、一场魔术，掩盖了夫妻之间的"监视"。如今，陪护者已经成为过去时，只在法国小姐选美、美国的某些合法妓院和自行车运动中还存在（在自行车运动中，"chaperon"一词指的是技术人员，这些工作人员需要确保他所负责的运动员不服用兴奋剂）。然而，在年轻女孩的眼中，老女孩仍然是活生生的反面教材，警告着她们：如果不遵守爱情市场的规则，下场就是这样。但没人注意到，老女孩是唯一没有被陪护的人。

婚姻监控

第一次居家隔离时我待在巴黎的一处房子里。那间屋子只有27平方米，是我住了16年的家。此前，我一直试着修整墙壁，还修补了那些房东太太没时间修缮的地方。一开始听到需要居家隔离的消息时，我还没有意识到发生了什么。前一天，我刚从卡马格（Camargue）回来，在那里和弟弟、侄子度过了完美的周末观鸟时光。我在隔离之前都没有急着去商店，因为我觉得最多只需要忍一个星期就行了，而且我们以后肯定会笑着说，这么点小事，当时真不该惊慌失措。结果，独自居家隔离了三周后，在兼作卧室、厨房、客厅和办公室的房间里，我只能靠做运动来让汗水替代泪水。我见不到任何人，只能通过Zoom和我的亲密朋友们视频聊天。我也并没有在这段时间里对烹饪产生什么兴趣。我一个人观看着大楼背后的风景。又过了两周，我还是一个人，还是经常哭，甚至没有起因地哭。我没有笑过，没有接触过任何人，没有听到过任何新鲜的声音，也没有遇到过任何友好的面孔。为了不碰到小区里的怪家伙，我选择在凌晨时分出门透透气，但是只要一出门，警察就一直盯着我。当我排队领水果和蔬菜时、当我坐在一公里外无人的长凳上眺望塞纳河时、当我在社区的街道上一圈圈散步时，我都感觉自己无时无刻不被看管着。在家里，没有人看我。在外面，每个人都在"监视"我。

在我的初次居家隔离体验中，Instagram变得比平时更让我讨厌了。最让我恼火的并不是那些漂亮花园的照片、露台上的大作或者在屋后森林里散步的照片，而是那些透过阳台和窗户偷拍别人的视频，拍视频的人俨然把自己当成临时治安部队的一员了。在网上，我看到几个熟人像"民间警察"一样对他人指指点点。他们在家里的时候，总在阳台上盯着哪些人出门了。他们拉开窗帘的一角，怨声载道地拍下那些在超市或药店外排队的人们，而他们忘了，当他们需要买东西或者遛狗的时候也免不了要出门的。在我看来，他们简直是借口保护所有人的"人肉监视器"。在巴黎严格实施居家政策的两个月里，每个人都觉得自己有权对他人的生活发表意见，他们也常常直接出言批评他人的行为、责任心、处理事件的方式，等等。总之，他们得出的结论是：你做得不对。人们的相互监视是最让我害怕的事情了，这也让我得以从另一个角度看待我的居家隔离：我意识到，我永远都不愿付出我的自由去交换任何慰藉。诚然，在我的单间公寓里，没有人陪伴我，没有人给我同情的肩膀，也没有人为我做饭、让我吃点除了肉饼和奶酪以外的东西，但同时，也没有人监视着我做任何事情，或者紧盯我对事情的反应，我可以按自己的意愿去做事。

20世纪60年代，查尔·阿兹纳弗演唱了《放任自由》①，在这首歌中，一位失望的丈夫细数妻子所做的一切错事，他尤其不满的是，妻子不再尽一切努力取悦他。在那个时代，人们总是批评妻子体重增加、不注意穿着打扮。整首歌曲都在抱怨，却完全没有提到叙述者自己是怎么做的。他只是消极地希望，"如果你愿意付出努力 / 一切都可以回到从前 / 去减肥，做一点运动 / 改变自己在镜中的样子吧"。听着阿兹纳弗的这首歌，人们几乎会认为他是为了妻子好才这么说的。几年前，也有人告诉我，如果我多注意健身的话，我就能塑造出一个好身材了，当时，我也以为这话是为我好——后来我才恍然，一个自己都顶着啤酒肚的男人竟也好意思发表什么"专业意见"。我并不主张过一种全然放纵而毫不自律的生活，也不认为只有放弃自我和自我空间才算自由，更不主张为了躺平做条咸鱼而逃离夫妻关系的专制。但实际上，在阿兹纳弗的歌里，他在意的是自己的幸福，他在意的是如果离开她耀眼的外在，他又怎会渴望这个女人？最重要的是，他在意她在他的朋友面前对他说话的语气（"在我的朋友面前，那真是一场灾难 / 你顶撞了我，你诋毁了我"），

① 查尔·阿兹纳弗（Charles Aznavour）是亚美尼亚裔法国歌手、演员、公众活动家和外交家，被誉为法国香颂音乐最后的代表人物。《放任自由》（*Tu t'laisses aller*）首次发行于1960年。——编者注

因此，他在意的是周围的人可能会因她而对他产生不好的看法。面对这样的侮辱，他向公众发出呼吁，向他关系之外的所有人发出呼吁，要求他们赞同，并支持他索要赔偿。这与 18 世纪的情况完全相同。

在 18 世纪，家庭和婚姻争吵的"判官"可不是电台听众，而是国王。如果国王做出了决定，他可以通过所谓的"密札制度"下令立即监禁、拘留或流放犯错者。在 1982 年由伽利玛出版社出版的《家庭的失序：十八世纪巴士底狱档案中的密札》一书中，历史学家阿莱特·法尔热和哲学家米歇尔·福柯列举、选择并评论了阿森纳图书馆中保存的部分民众请愿密札。正如法尔热和福柯所指出的，"在这里，私人生活和公共生活的界限变得不再清晰：家庭是个特殊场所，在其中，个人的平静生活营造出某种特定类型的公共秩序"。① 只有控制好家庭内部发生的事情，才能确保家庭之外的集体和谐。但同样，如果家中发生的事情蔓延到外界，王权就可能来干预了。在《家庭的失序：十八世纪巴士底狱档案中的密札》一书公布的密札中，有直接涉及一个或多个家庭成

---

① Arlette Farge et Michel Foucault, *Le Désordre des familles. Lettres de cachet des Archives de la Bastille au xviiie siècle*, Galllimard,《Folio Histoire》, Paris, 2014 (1982), p. 16.（中译文引自［法］阿莱特·法尔热、米歇尔·福柯：《家庭的失序：十八世纪巴士底狱档案中的密札》，张引弘译，上海人民出版社，2023，第 9 页。——编者注）

员的请求，但在比较模糊的情况下，也会由当事人周围亲友、家庭甚至邻居出于某些人玷污社群的考虑而提出请求。通常是后者提供证词，支持丈夫或妻子的请求（有时教区牧师也会参与）。正如在综艺《兰达岛》中一样，如果不满情绪蔓延到外界，影响到其他成员的安宁——尽管他们没有参与纷争，但还是受到了牵连，那么这种不满情绪就显得更有分量。因此，情况的严重性不仅要根据案件的事实来衡量，还要看是否有证人在场：

> 性方面的随便会扰乱公共秩序，这是肯定的，然而妻子离开丈夫投向另一个男人是非常私人且没那么严重的事情，警长每天都要处理这样的事件。既然没有公共层面的丑闻，没有威胁到街区的安宁，真的有必要让国王打开监狱的大门吗？①

虽然法尔热和福柯没有直接回答这个具有讽刺意味的问题，但他们提出了另一个问题：当国王及其官员逐渐不再插手这些私人争吵时，女性们得到了什么？答案不是安宁，而是另一种形式的控制，以及她们在公共领域的消失：

---

① Ibid., p. 38.（中译文同上书，第28—29页。——编者注）

于是，所谓的一家之主（丈夫或父亲）——权力和责任必然的掌握者就位。不再有公共的光亮——尽管独断——照进私人的场所；除了个别例外，生育场所从此也将由男性世界掌控。……另一种家庭的空间慢慢建立起来，在那里，男人自然而然地成了律法的制定者。夫妻生活一下子脱离了公共事件的经纬线，让女人不得不退出舞台。在这类具体的案例中，国家与女人之间没有相关性可言；它们各自的空间近乎绝对性地分离开来。它们之间的联系由男人来维护，于是男人将女人打发回私人生活的孤立空间。《民法典》让这一社会演变得以完成。①

尽管如此，仍有一些过错被认为是"客观存在"的，可以允许丈夫或妻子要求补偿和赔偿。所有西方国家都有夫妻法，但只有法国在其法律中保留了忠实和错误（包括未履行性义务）的概念。②在旧制度下，有关性和忠诚的义务是存在的，但它是与亲子关系和繁衍后代联系在一起的，而不是与性满足的权利相联系。

---

① Ibid., p. 56 - 57.（中译文同上书，第44—45页。——编者注）

② 虽然法律里没有说得这么明确，但判例法中对《法国民法典》第212条（忠实义务）和第215条（同居义务）的解释已经考虑到了这一点。

都别动，就不会受伤

虽然我肯定不是那种一天三次把桌子摆得整整齐齐的女人，也不是那种能把裙边熨烫得平平整整的女人，但我的确认识一些女性，她们会赶在伴侣醒来之前早早起床化妆，还要"保持口气清新"。一些人为了不显得邋遢，每天穿着紧绷的睡衣睡觉。一些人为了保持伴侣所要求的身材，疯狂运动健身或节食挨饿，生怕被更健美、更年轻的同类取代。她们希望自己能一直和当初吸引对方的那个自己一样，保持同样的诱人，无论生活（和岁月）如何匆匆流逝，她们的外貌都不该有变化，因为这些都是共同生活的默契合同的一部分——尽管我们在结合后才知道还有这么一份"合同"。一旦我们与另一个人分享日常生活和空间，最细微的变化都可能被视为背叛、缺乏忠诚：咱们签约时，你可不是这样。当我们将自己置于他人的"监视"之下，给予他人无限制地访问自己的隐私的权限，这就不可避免地意味着我们要将自己暴露在他人的评判之下。这也意味着我们在不情愿的情况下许下了自己不会改变的承诺，从而剥夺了自己转变的一切可能，剥夺了自己成为全新自己的一切可能。

人们普遍认为，既然我们对起始状态达成了一致，那么无论未来发生什么变化，这种状态都应得到尊重和维护。例如，放纵自己就是违反最初的契约了。就像是有人娶了一个风情万种的年轻女人，婚后得到的却是穿着睡袍在厨房抽烟的中年妇女。当我们对爱情的渴望减少或增加时，当我们有了新的职业或个人项目时，当我们对生活意义的理解发生变化时，也是同样的道理。开始喝酒或减少喝酒，什么都吃或开始吃素，在别人不想出门的时候闹着要出门或宁愿待在家里，对以前感兴趣的事情失去了兴趣，或者换了工作、生活节奏和关注点……任何偏差都会被视为对契约的破坏，甚至是背叛。这时，我们会发现自己说出了在情侣或夫妻关系中最可怕的一句话："我为你做了那么多。"——尽管我们同时也很难看到对方所做的一切，而且也忘记了，很多付出都不是对方要求我们做的。

但人都是会变的。我们一生都在改变。奇怪的是，在童年，当我们的行为和欲望发生一系列改变的时候，我们会受到鼓励，但在成年后，这样的变化却受到谴责。当我们不再抓土吃、开始吃蔬菜、不再在沙发上乱跑、不再一不开心就大哭，没人会因此责怪我们。孩子成长时，改变总是可取的。但一旦步入成年，我们就必须开始构建、具体化和固化所有这些活动，让它再也不可动摇。这就是我们在工作、金钱以及婚姻和家庭方面所接受的教育。

一旦大厦筑成，每一次变化都可能被视为"倒塌"。在我看来，要是仅从婚姻角度来看待这些变化，那就太奇怪了。难道但凡夫妻中的一方发生了变化，就代表着夫妻关系走下坡路了吗？难道个人的状态不可能独立于夫妻关系吗？如果夫妻关系建立的初衷不支持我们成长和转变的自由，那么我们对这座大厦的理解是否有误？我们还忘记了，爱情往往发生在我们对伴侣（甚至对自己）知之甚少或一无所知的时候。换句话说，我们彼时的决定往往是基于荷尔蒙的冲动、个人的想象和找到完美伴侣的期待。我们试图用五花八门的迹象、心有灵犀的巧合、共同的兴趣爱好和所谓的直觉来证明与陌生人的结合是合理的，而这种疯狂的结合当然也是邂逅如此令人兴奋的原因。但也正因为如此，几年后，我们开始自问，我怎么不认识那个正在浴室里刷牙的人了？进入情侣之间的监控装置，就等于同意对方使用你的个人数据。我们点击了"接受"，是因为我们当时有更紧急或更有趣的事情要顾，根本没有意识到这一次点击代表着我们放弃了什么，根本没有意识到这真是一份"合同"。我们更愿意将其视为"走个过场"，并且坚信在正常生活中，这种事情对我们不利的可能性微乎其微。坠入爱河就像是把赌注变成了定局，只能默默祈祷自己没有犯错。

深爱着他们

　　走出亲密关系让我意识到并接受了这样一个事实：事件塑造着我的现实，而我随之改变。有时我状态很好，有时则一团糟，而这两种状态都有同等的权利存在。和其他人一样，我也经历过抑郁期，或轻或重，或明或暗。一个人的时候，我常对自己说：如果有个人可以依靠，如果有个人可以让我休息，如果有个人可以分担我的痛苦和疲惫，那该多好啊。但也有一些我当下看不到的东西。我没有意识到我是多么幸运，当我走进家门时，我不必伪装，我不必骗那个他说我很好，好让他放心，好让他不必为我的颓废而感到负担。我可以在外面保持自我，在工作中保持形象，从而尽可能避免危及我的独立性。如果我在家里独自崩溃一场，也没有任何人需要承担后果，没有人会在我的投诉受理期过后来找我算账。我之前都没有意识到，不必为伴侣的快乐负责是何其幸运。

　　与伴侣、子女或父母共同生活，意味着要对他人的全部或部分福祉负责。这种责任可能是情感上的、经济上的、教育上的、性方面的和心理上的。有时，尤其是伴侣不够成熟时，这些责任会同时出现。我都不知道为什么，我曾经会为这样一种爱情故事流泪：冲动的男孩最终在一个更聪明、更理智、更"符合社会期望"的女孩的影响下安定下来。我当时居然认为这故事令人心向往之。我的全部想象力都建立在这一形象之上：这个沉默寡言、不受控制的坏男孩，被女人的温柔和矢志不渝的快乐所驯服。仿佛爱情游戏的最大奖赏就是把野蛮人变成和睦家庭的一员。长期以来，我置身于这场竞争，忽略自己的感受，甚至不知不觉地顺从了这些驯服机制，顺从了这些荒谬的逻辑——它们希望男人在征服中找到自豪感，而女人在被驯服的艺术中找到自我。

　　每当一个不可救药的男人表现出被感化的迹象时，我顿感自己的努力有了回报，却从未意识到在这一过程中，我又失去了一点自己的野性。我越是为他人的事业、他人的幸福、他人的自洽而努力，我就越是失去了我自己独立的特性。我以为自己身处正确的位置，完成了我被要求做的工作，却没有看到在这一自我监督的过程中，我成了自己的审查者、自己的暴君。

　　虽然有时我也能设定一些条件来摆脱男人的监视反射，但我从未找到摆脱恋爱关系中自我设限的方法。另一方面，我也找到了一种解决办法，当我遇到某个男人，并且发现他虽然在很多方面都很有吸引力，但"太累人"了，我就知道，为了成为一个好女友，我迟早得担下这份"累"。当我不再觉得为男人而"累"是天经地义的，结果很惊人：我想约会的男人数量大大减少了。

远离男人，不再和他们没完没了地睡觉，这是我的出路，这样我就不会再受制于他们，同时也不会憎恨他们。而现时一个新问题冒出来了：如果我们是异性恋女权主义者，我们是否还能与压迫者上床？我不知道该如何回答这个问题，但我用另一种方式问自己：我们是否愿意耗费大量精力让压迫者变得可爱？答案是否定的。长久以来，我只记得玛格丽特·杜拉斯在《物质生活》中的前半句话："应该多多去爱男人。多多益善。"我读了这话仍然不解，为什么即使我这样做了，我还是不能在一段关系中感到舒适。今天，我记住了这句话的完整内容："应该多多去爱男人。多多益善。对于他们，要为爱而爱。舍此没有其他可能，实在是无法容忍他们的。"① 我们学会了像爱孩子一样爱男人。无论我们接受着多么严酷的结构性压迫才与他们在一起，我们依然

---

① Marguerite Duras, *La Vie matérielle*, POL, Paris, 1987.（中译文引自［法］玛格丽特·杜拉斯著：《物质生活》，王道乾译，上海译文出版社，2011，第60页。——编者注）

要花费大量的精力、精神和情感诀窍去拥抱他们、鼓励他们、爱他们。我们在奴役中发现美和快乐，在他人而非自我的成长中寻找丰饶。这就是无条件的爱。我们最终会说："我为你做了那么多。"

　　然而，把自己完全或部分地交给另一个人也有好处。那就是不用面对——或者至少可以延缓面对个人生存的眩晕冲击。当我们不照顾别人的时候，我们能为自己做些什么呢？当我们的日常运作不取决于同住者的起居、日程安排、需求和特权时，我们会做些什么？我们会做的第一件事就是给自己一记耳光，因为我们会怀疑自己的存在，因为此时没有来自外界的眼睛证明我们的存在和价值。我们从而体验到人类生命的脆弱和荒谬，不得不沉溺于自己一个人的生活，叩问自己："我为何存在？""有何意义？""我在世界中的位置是什么？"因为"监视"和共享空间也是一种安慰、一种精神慰藉。置身于他人的注视下，我们感到自己之所以存在，是因为有某种期望要实现，有某项任务要执行，有个或多或少严格的人设要经营。我们有一个方向、一个要完成的使命，可以专注于实现这个使命，并把它当作一种自我实现（拥有成功的恋爱关系、家庭生活、人际关系）。当我一个人生活的时候，我没有任何目标清单。这就像我"杜撰"了一份工作，为此我必须不断为自己辩解。摆脱了同龄人所经历的种种束缚，我理应拥有无限且不断膨胀的时间，那是我先验地知道我可以自由支配的时间，因为我不会受到任何孕产或夫妻生活（幼儿园罢工、丈夫迟到、公婆来访等）的影响。我可以一直保持良好的状态（不会像新手父母一样在夜里睡不了一个好觉），可以不用中断我的兴趣爱好，因为，说真的，除了享受自由之外，我还能用这么多没人管的时间做什么呢？

很长一段时间以来，我想到亚历山大莉娅·大卫-妮尔[①]的时候都感到一种自卑。这位著名的探险家不要孩子，抛下丈夫，是第一位到达中国拉萨的西方女性。似乎我们的人生若是在个人问题上没有得到圆满，就必须要用一场宏伟的奇遇加以弥补。我没有在任何地方插上我的旗帜，也没有取得任何非凡的成就，但我学会了如何丈量自己的梦想。我认识许多夫妇，不管有没有孩子，在幸福生活了几年之后，他们都开始觉得后悔。要不是我得努力工作供我的伴侣完成学业，我本可以……要不是我有孩子，我本可以……要不是我为了追随伴侣而搬家、要不是我为了照顾孩子而辞职、要不是我得接手家

---

① 亚历山大莉娅·大卫-妮尔（Alexandra David-Néel），法国著名东方学家、汉学家、探险家及藏学家。她对西藏充满了热爱，曾先后五次到西藏及周边地区从事科学考察。——译者注

务……我本可以学会弹钢琴，本可以写一本书，本可以去我一直梦想的地方旅行，本可以改变我的生活然后成为一名律师、一名空姐或在七号公路边开一家咖啡馆，去柏林或哥斯达黎加生活，抛开一切，靠音乐谋生。只是，一个人生活久了，虽然没人可供我追随，我可以全身心集中在自己的欲望之上，但这些"本可以"的可能性在我这里依然没有落地。这些梦想，或者我自认为是梦想的梦想，还是会被其他借口绊住。工作忙、没时间、钱不够，再或者，水星逆行、流年不利、预约了眼科医生实在无法取消、母亲的大寿要到了、供职的杂志社又要到周年了、根本不熟的朋友要过生日了、在我犹豫不决的间隙票价涨得太厉害了……我所做的，并不比我不那么自由时所做的多，也并不比我不那么自由时所做的少。

当我无法再借助那些最被普遍接受的借口来为自己没能做到自己曾说过想做的事而辩白，我感到一种前所未有的解放（只要你克服了那种一无是处的感觉）。这并不是因为我有权无所作为，也不是因为它促使我超越自己的极限、让模糊的愿望生长为现实，而是因为它让我从后悔、沮丧和对他人的怨恨中解脱出来了。我独自一人，自由行动，我能对自己的渴望和失败负全部责任。正因为如此，我才能够承认，我的梦想懒懒的，我的成就也是如此。我的独身生活并没有给我带来非凡的命运，没有给我带来令人惊叹的冒险，也不会让别人在乡间小屋里为他们不能像我一样得偿所愿而叹息。我不会有一番非凡的事业，不能发现某个拯救世界的化学分子，无法在法兰西体育场办上三场座无虚席的演出，也拯救不了北极熊。现在、将来，我都会过着平凡而普通的生活。但我已经尽可能地选择了我的人生，不会因此对任何人有怨言。在这样的生活中，我可以成为自己唯一的守护者。

防守区域

我是如何尽可能避免屈从于他人的控制和监视的（无论我对他人有多少爱和感情）？我是不是一种关系冷漠（回避、抑郁、厌世……）的代名词？我是在否定自己的哺乳动物本能，拒绝接受别人告诉我的自然规律（生育、不惜一切代价与他人建立关系）吗？我正常吗？我又该如何为这种极端的独立形式辩护，而不至于到头来还得怀疑自己是不是和那些嘴上呼吁自由国家，其实满脑子只为自己着想的"红脖子"没什么分别？这些问题一直困扰着我，现在也依然如此。但我在蒲鲁东等人的理论中找到了一种解脱与和解，他们其实很早就对婚姻和母职问题发表了看法。蒲鲁东[1]捍卫婚姻，断言"不能产生思想"的妇女生来就属于家庭，甚至将此作为发动革命的先决条件（看来"财产就是盗窃"显然止于家庭的门槛）。但是除了蒲鲁东以外的其他无政府主义者，无论男女，一般都捍卫自由恋爱以及妇女控制自己身体的权利——尤其是有关节育和同性恋爱的权利。但我最感兴趣的不是他们支持这些自由的立场，而是他们反对婚姻的立场。

我最喜欢的无政府主义者是伏尔泰琳·德·克蕾（Voltairine de Cleyre），尽管有个响亮的名字[2]，但她只是穷苦人家的女儿。1886年，她在芝加哥目睹了五名无政府主义者被绞死——当时，当局决定让他们为整个无政府主义和工人运动付出代价，这一场景使她的人生发生了颠覆性的变化。她因将婚姻比喻成合法强奸而出名。在1890年的《性奴役》（*Sex*

---

[1]　蒲鲁东（Proudhon）被称为无政府主义之父。他否认一切国家和权威，认为它们维护剥削、扼杀自由。他反对政党，反对工人阶级从事政治斗争，认为其主要的任务是进行社会改革。在《什么是所有权》一书中，蒲鲁东借用法国大革命时期布里索的名言（即"财产就是盗窃"），提出了"所有权就是盗窃"的论断，站在小资产阶级的立场上，批判资本主义私有制度。——译者注

[2]　伏尔泰琳的父亲是一个拒绝接受宗教权威的自由思想者，崇拜伏尔泰，故给女儿取名为伏尔泰琳。——编者注

Slavery）一文中，她描述了婚姻如何使"每个已婚妇女成为奴隶，接受主人的姓氏、主人的面包、主人的命令，并为主人的激情服务"。但伏尔泰琳也坚信爱情，甚至想要拯救爱情。为此，她认为必须废除婚姻，正如17年后她在费城的主题为"婚姻是一种恶行"（Le marriage est une mauvaise action）的演讲中解释道的：

> 　　我所说的婚姻，指的是它的真正内涵，即一男一女之间的永久关系，这既是一种性关系，也是一种经济关系，这种关系使得维持夫妻生活和家庭生活成为可能。我不在乎它是一夫多妻制、一妻多夫制还是一夫一妻制婚姻。我不在乎它是由牧师还是地方行政官员主持，是公开的还是私下的，也不在乎配偶之间是否有任何契约。不，我要说的是，永久性的依赖关系不利于人格的发展，而这正是我所抗争的。

　　我喜欢她发言中的"永久"一词，因为毁了一切的，正是这所谓的"永远"和"一直"：

> 　　只有一种办法能保持爱情令人狂喜的状态，从而带来一个特定的称谓——否则，这种感觉就停留

在欲望或友情 —— 而这保持爱情的唯一方法就是保持距离。永远不要让爱情被永久亲密关系中的不体面的琐碎所玷污。

读了她的文字，我明白了那些我从未能清楚表达的东西。我独自生活，并不意味着我不想要体验爱情。恰恰相反，我更渴望爱情。独居只是划定了一个不受外界风吹草动影响的边界范围。在这个地方，你可以向内退缩，也可以向外扩张，而不会破坏任何其他人的平衡。用弗吉尼亚·伍尔夫的话来说，"只属于自己的房间"就是一处有形庇护所，用来保留你那不愿与人分享的一部分自我。在很长一段时间里，我发现自己很难说清楚为什么虽然我爱着他，但还是想一个人生活。事实上，我需要独自生活，才能更好地去爱别人。在女演员乌比·戈德堡①的采访录中，我找到了我需要的答案。戈德堡结过三次婚，但只爱过一次，她意识到自己一个人生活会更快乐，她爱很多人，但她"不想再有任何人住进她的房子"②。

给自己一个物理空间同时也意味着给自己一个

---

① Whoopi Goldberg，代表作有《人鬼情未了》《修女也疯狂》等。——编者注

② Ana Marie Cox，《Whoopi Goldberg wants to make you feel better》，*The New York Times Magazine*, 31 août 2016.

精神空间，虽然我们不能推倒公寓的墙壁，但我们多少可以决定这个空间的大小。在这方面，无政府主义者也看到了她们独立于婚姻和母职之外所能获得的好处，那就是丰富的精神生活。有些人，如"红色圣女"路易丝·米歇尔[①]或法国第一位精神病学女博士马德莱娜·佩尔蒂埃，她们甚至捍卫激进的禁欲思想，以便全身心投入革命和领导革命所需的思想。对于一些年轻活动家来说，性也被视为一种干扰，很可能会削减斗争的动力。奥维迪在为法国文化广播电台制作的播客《无性生活》中，对她曾加入过的"直刃族"也有同样的看法。[②]这一朋克亚文化主张不乱性，倡导禁毒、禁酒，有些人还不吃肉。只有这样，他们才觉得自己足够强大，才能实践自由与和平主义的朋克理想。奥维迪提醒我们，"直刃信仰"并不是一种放弃的哲学，而是一种开放和掌握意识的哲学。它是一种纪律吗？"是的，但至少我能思考。"

　　尽管思考似乎不如生存那样令人先验地激动，

[①] Louise Michel，法国巴黎公社女英雄，在五月流血周中带领巴黎妇女和战士们进行街垒战，被誉为"红色圣女"，雨果称赞她比男人还伟大。——编者注

[②] Ovidie et Tancrède Ramonet，《Vivre sans sexualité》，*La Série documentaire*，France Culture，avril 2021.［直刃族（Straight-Edge，或 sXe-XXX，X）起源于20世纪80年代的美国，从朋克音乐文化中发展出来，是一种青年文化形式，核心理念是反对当时朋克领域普遍存在的酗酒、吸烟、滥交行为。——编者注］

但它却是我们生活中最可能发生的美好之一。这并不是说当其他人在酒吧里作乐的时候，我们要在书本中挥洒血汗，好取得繁重而受到认可的智识能力。相反，这种学习不必出于任何目的，只是为了学习本身带来的无穷乐趣而已。我把自己从欲望和浪漫、忠诚的波动中解放出来，并不是为了把节省的时间用来理解量子物理，或者攻读博士学位，更不是用来学习什么能让我成为公司灵巧干将的技术。我用这些时间记下那些陌生的鸟的名字，边学画梵文字母边劝慰自己总有一天我能够读懂梵文，学编织，学习更好地理解怎么完成下犬式，阅读那些仅仅是为了娱乐的小说。我永远不会用这些零散的知识来验证我从中获得或增长了什么技能，但这些知识不断创造着行动、生活和好奇心。无目的地学习，无目的地思考，并努力为此创造尽可能多的空间，这不正是我们作为人类唯一的余地、唯一真正的自由吗？无论如何，当我坐在沙发上，排列着针脚，听着关于蒙古二声部歌唱的广播节目时，我就是这样告诉自己的。

　　我非常明白，这种画面可能会成为人们避之不及的反面教材，好像生活停滞不前、一潭死水似的，但我也知道，正是那段时间让我能够换个角度思考。如果说消遣式的性爱能让我们从自我中暂时抽离（这也是它的魅力所在），那么夫妻间的性爱和（或）仅以生殖为目的的性爱同样可能阻碍我们的思考，或者至少让我们不愿跳出既有框架去思考。因为它的作用是为夫妻关系或家庭生活打下基础，换句话说，是为我们选择建立的秩序打下基础，以便在此后维持这种秩序——无论我们可能做出何种安排或采取何种偏离主线的举动。夫妻性生活带来的思维倾向于保守，是因为它不希望摧毁我们试图建立的一切。在途中，我们如果想改变方向、改变想法、换一种思路的话，这样的思考很难不危害结构的平衡。另一方面，如果我们试图在内部保持一种和谐，而很少考虑外部发生的事情，那么创建一对夫妻或一个家庭就会占用我们相当多的脑力（组织后勤、战略、教育等）。这可能会把我们推向一种安静的顺从（这或许是快乐的，但这真的是重点吗？），然后我们便只关注家庭相关的那些事情了，毕竟家庭就是自我控制以维持日常生活顺利进行的地方。这就像我们每个人都住在自己的唐顿庄园，只统治自己的小城堡，外面发生的一切都只不过是个借口，用来知晓某某是否能参加舞会，某某是否能与某某结婚，某某是否能在离开之前承认怀上了孩子，或者他是否死于战争？晚餐时应该穿什么衣服？菜单是什么？最重要的是，谁会给谁留下什么遗产？

第四章

"钱、钱、钱" ①

---

① 出自瑞典乐队ABBA的歌曲 *Money, money, money* 的歌词 "Money, money, money / Must be funny / In the rich man's world"（钱、钱、钱，一定很有趣，在有钱人的世界里）。——译者注

一般来说，我会让自己远离赌博。我不去赌场，因为赌场很快就能惹起对财富的渴望以及随之而来的无尽的挫败感。自从我在大学里浪费一年光阴玩《最终幻想7》，我就决心再也不买游戏机了。我挺喜欢桌游的，但我玩起桌游来又太认真、输不起。不过，当我把Scrabble GO①下载到手机上时，我完全没当回事。我以为我进入的是一个安全、合理甚至有益的领域。它就像儿童益智小游戏一样，就像让小朋友模拟开小汽车的那种——虽然他们最后总会开进沟里。开始，我只玩了几局，几周后，我已经上瘾到每天都要花一两个小时在里面了。与真实的棋盘相比，应用程序让人沉浸在一种更加狂热的氛围中。卡片不断出现在眼前，我还可以使用那些我不知道有什么用的牌。还有竞技场、奖励，有很多宝箱可以打开，有时箱子里会开出钻石，也就是Scrabble GO的货币。我可以花钻石来换掉不想要的字母，在卡壳时也可以花钻石让系统帮忙找到单词，

① Scrabble GO 是一款拼字游戏，以两人对战的方式，抽取随机字母，拼单词占领棋盘上横竖的字母格，并据此计算得分。——译者注

还能参加各种竞赛。渐渐地，我发现自己的钻石越积越多，我会为了迎战一场最难的对局，提前多攒一些钻石，看到钻石越来越多，我感到一种欣慰。当然，我知道这些钻石其实都是假的，就像大富翁游戏里的纸钞一样，但即便如此，我还是开始像管理家庭预算一样管理着我的钻石储备。我有过堪称楷模的严谨时刻，也有过将所有财富挥霍在大奖赛上的糟糕日子——在大奖赛中，我常常白白花了钻石，却只拿到一些"寿司"或"菠萝"牌，而这些牌对我来说一点用也没有。在那些糟糕的日子里，我感到羞愧难当，就像在购物网站上一夜之间花光了所有积蓄一样。我真的觉得自己搞砸了。在这些疯狂的时刻过后，我就开始勒紧裤腰带，在紧缩期间，加倍努力，在不寻求系统帮助的情况下自己找到单词，限制自己参加竞赛，总之，就是要让钻石余额恢复正常。直到我的钻石储备达到3243枚，够我使用216次"旁敲侧击"，我才意识到，也许我与金钱的关系有点问题。

在经济上，老女孩一般被视为寄生虫。她通常是一个资产阶级形象，尽管在富裕的环境中长大，却因为找不到丈夫而不得不依靠家庭生活。她由母亲和姐姐支援，有时还得靠她们各自的家人给出帮助，这些人不时地提醒她，她是个累赘。而这一切会持续到她死去的那一天。在《唐顿庄园》的编剧朱利安·费洛斯的另一部系列电视剧《镀金时代》中，辛西娅·尼克松饰演的艾达就是一名老女孩，她与克里斯汀·芭伦斯基饰演的姐姐艾格尼丝一起生活在19世纪末的纽约，艾格尼丝是一名富有的寡妇。当艾格尼丝得知同样未能按时结婚、身无分文的外甥女玛丽安也将加入她们的生活时，她首先想到的是自己又得"放血"了——尽管她手头已经足够宽裕，还可以花钱雇助手帮她处理信件。妹妹艾达听到这个消息非常高兴，艾格尼丝对她说："那谁来养活她呢？是我。虽然用的是凡瑞恩家的钱，但如果没有我，哪来的这些钱呢？你可以享受一个老女孩的纯洁宁静的生活，而我不能。"后来我们才知道，凡瑞恩先生是个残暴的男人，任何女人都最好别在阴暗的房间里与他独处。由于老女孩拒绝为基于财富积累而结成的婚姻联盟做出牺牲，她常常得继续依赖某个家庭成员，而这个家庭成员（通常也是老女孩）同意支付入会费，给她一份收入。

老女孩在经济上的依赖性并非只是关于那些坐拥庞大工业资产或苦恼如何装点自己豪宅的老贵族的故事。在历史中的很长一段时间，已婚女性就像是法律意义上的"未成年人"①一样，她们受制于丈夫（未婚的单身女性则受制于其父亲），而女性独自生活仍是一种荒唐事（并不是每个人都有幸成为寡妇）。资产阶级或贵族妇女即使不从事有报酬的工作（只有穷人才有机会劳动），也要在一家之主的控制下为家庭出力。除了操持家务，她的任务还包括结婚：找到一个丈夫，无论发生什么，都要一直做他的贤内助，这是为了家庭和财产的利益。而老女孩逃避了这项任务，因此她也就没能尽责。她不生产，也不挣钱。她是唯一一个住在不属于自己的房子里却又不做仆人的人。她就像晚宴上被安排坐在我们旁边，而我们却不太愿意与之深入交往的人。但这一现实同样也凸显了已婚妇女的不幸境遇。首先，已婚妇女常常被期望在家庭内部的财务事宜上保持低调，但她实际上参与着家庭的经济管理（无论直接或间接）。即使在今天也是如此，正如露西尔·基耶在她的《代价：异性恋中女性的付出》②一书中所阐述的那样，即使从一开始就处于劣势地位（工资较低、无偿进行家

---

① 以法国为例，拿破仑于1804年颁布的《法国民法典》规定，已婚妇女完全没有法律行为能力（她们只有在犯错的时候才被视为成年人）：禁止进入中学或大学学习，不能签订合同，不能管理自己的财产，完全没有政治权利；未经丈夫允许不能工作；不能领取自己的工资；丈夫可以控制她们的通信和人际关系；未经允许不能出国旅行；未婚妈妈和非婚生子女不享有任何权利。

② Lucile Quillet, *Le Prix à payer. Ce que le couple hétéro coûte aux femmes*, Les liens qui libèrent, Paris, 2021.

务劳动，而她倾注在家庭中的时间本来可以用来赚钱……你懂的），异性夫妻中的女性也必须表现出对金钱缺乏兴趣。而老女孩则没有机会表现出这种漠不关心，人们只会怀疑她满脑子只想着钱。即使她真的不在意钱，人们也会说她说话前言不搭后语，说她根本无法理解真正的成年人要面临的问题。老女孩的存在还揭示了女性在经济上的不稳定，无论她是否有一连串的仆人为她服务，她都为我们展示了当女性无法让自己结成有利可图的婚姻联盟时会发生什么。这就是不被爱情或家庭叙事所淹没的女性境况真相。这就是简·奥斯汀那些小说的共同主题：找到合适的丈夫，避免社会地位滑落。即使是出身最好的女性，离开婚姻也很难生存。老女孩就是在这场婚姻版"饥饿游戏"中作弊的人。

玛丽·波平斯[①]就是老女孩中的一个异类（没错，她也算一个老女孩），尤其是在她与金钱的关系上。虽然她其实并不需要和别人商定自己的薪水，因为她可以从手袋里拿出任何东西，也不需要支付交通费，但最突出的一点是，她对积累财富完全不感兴趣。她鼓励孩子们把钱捐给公园里喂鸽子的老

---

① 玛丽·波平斯（Marry Poppins）是英国作家帕·林·特拉芙斯（P. L. Travers）笔下的童话主人公。她是一位家庭教师，但有着超能力。她有一个可以变出无数东西的手提袋，还有能倒出各种饮料的神奇瓶子，以及一个奇妙的指南针，一转动就能带孩子们去世界各地。——译者注

太太，而不是存入银行。虽然只有两便士，但孩子们决定跟随这位家庭教师而不是他们的父亲，这行动自然会在银行引发一场小型的"黑色星期四"。玛丽·波平斯以其神奇的身手和对日常预算的管理，规避了老女孩的主要特征之一：贪婪。

无论她是因为贫穷而节俭，还是因为富有而吝啬，老女孩与金钱的总体关系都相当紧密。她很自然地出现在遗产继承故事中，掺和一脚。无论她是想争一份遗产还是已经拥有遗产，总有关于钱的故事发生。《八美图》中的奥古斯汀就是如此，她曾一度被怀疑为了分得遗产而犯下谋杀罪。罗尔德·达尔的儿童故事《玛蒂尔达》中可怕的女校长阿加莎也是如此，她骗走了侄女应得的房子。①这个自私的老女孩从来不花钱，她会把一些别人需要而且可以分享的东西强行扣留在手里，虽然她自己根本不需要。就像《小妇人》中挑剔的马奇姑妈，她抠门地分配着财产，用她的遗产来控制和分化她的侄女们。在现实生活中，老女孩永远没有什么好办法来管理她所拥有的钱，这些钱最终并不真正属于她，因为她并没有通过接受婚礼来赚取这些钱。无论她怎么做，都会被人

①《玛蒂尔达》（Matilda）是英国杰出儿童文学家、剧作家和短篇小说家罗尔德·达尔（Roald Dahl）的代表作之一。阿加莎·特朗奇布尔是其中因施行怪异而极端的纪律处分而臭名昭著的主要反派形象，中译本中称她为"特朗奇布尔小姐"。——编者注

评头论足。巴尔扎克这位作家总是喜欢谈钱（他视钱为他那个时代的罪恶，或许也是因为他自己总是被债主压着脖子），而他则用小说《老妇人》惩罚了不幸的女主人公。小说讲述了罗斯–玛丽·科尔蒙的故事，这位40岁的贵族千金因被宣布与一位军官结婚而蒙受了极大的耻辱，因为这位军官根本无意与她结婚，更何况他其实早已有了家室。她发现自己不得不在"瘟疫"和"霍乱"之间做出选择：两个老男人都在追求她，而他们都只想得到她的财富。最后，她在这两人中选了个粗野的家伙嫁了，甚至完全忽视了另外一个真心爱她但一贫如洗的年轻人，那个年轻人完全不在乎金钱。巴尔扎克在小说的最后说，罗斯–玛丽·科尔蒙如果没有进入"她那惊人不幸的婚姻生活"，她会活得更好，会因此更加幸福。这也许是我们对老女孩和金钱问题的关系进行不同思考的第一步。我们从未这样假设，老女孩之所以紧抓着这些钱，正是为了让她继续做老女孩。

行动自由

　　33岁那年，尽管我当时还不觉得自己会稳定生活在一个地方"不动"，但我还是买下了自己的第一套——也是唯一一套不动产。我没有祖产，没有在巴黎房价还很便宜的时候就购入公寓的叔叔，也没有一起被忽悠着在首都买下一套昂贵公寓的男朋友。我的一切都是靠工作赚来的，我从不提前消费。我有一份长期雇佣合同，还有一万欧元余钱，银行还会贷给我12万欧元，让我分25年还清。对我来说，购买一套能升值的单间公寓，好让我拥有一笔不断增值的资本并不是什么合理的选择。我最后选定了位于奥弗涅（Auvergne）的一栋破旧到需要翻修的老农舍。我曾开玩笑说，如果世界末日来临，这地方就好极了，它可以让我逃离巴黎，给我第二个家，还能让我围着一张大桌子招待朋友，这张桌子可放不进我租住的只有27平方米大的小单间。这些都不是假话，但我做此决定的很大一部分原因是我想住在生活成本更低的地区，在那里，就算我脑海中不断浮现的最坏情况真的降临，我也几乎不花什么钱就能生活，不需要向任何人索求任何东西（或者只是最低限度的）。我期待着自己在职场上的"寿终正寝"，从未考虑过靠工作以外的任何其他方式挣钱。我也试图保护自己，以防那种我经常旁观的情况发生在我身上：伴侣原本为了共同支付房贷而住在一起，但当关系破裂其中一人不得不收拾行李离开、另寻住处的时候，昔日的伴侣两人都好像骤感生活质量的下降，因为他们无法再享受共同分担成本、共享财富的生活了。以防万一，我开始建造属于自己的避难所。无论职场或爱情如何风云变幻，没有任何人、事、物能将我赶出这里。我不想习惯于物质上的安逸，因为这样的安逸要依赖于我感情生活的顺利进行。我不想体验生活降级的痛苦。我不想成为简·奥斯汀笔下的人物。

如果我能坚持还完贷款的话，再过13年，我就能正式拥有这栋房子了。现在我把房子租给了一户人家，用租金还房贷。不过我还是经常去奥弗涅，也就是上卢瓦尔省，如果有人问我的话，我会告诉他，那里是世界上最美的地方。我的母亲和哥哥都住在那里。一天早上，我在他们两家之间的路上遇到了83岁的查夫人，她是我非常敬爱的一位女士。她在我母亲居住的村子里和她丈夫经营一个农场，我的童年也是在那里度过的。他们对我的姐姐、哥哥和我都很好，总是让我们去拿牛奶、摸兔子、牵着奶牛去吃草。他们过着辛勤劳作的农民生活。在我认识的所有夫妇中，他们是我见过的最闲不住的一对。查先生虽年过八旬，但仍在田间劳作，在石头上坐着休息时，只要看到有人朝他走来，他就会立刻起身打招呼。总之，那天，查太太拄着两根拐杖出来散步，和我聊了起来。当地报纸刊登了他们一张非常漂亮的照片。他们站在几棵树前，在夏末柔和的阳光下眺望着地平线。这张照片被用作一篇关于养老院的文章的配图，但他们两人都不会踏进养老院一步。我告诉她，我看过那张照片，他们真的是很美好的一对，这么多年来一直相处得这么好，但我无法想象在那个年代的农村，他们的爱情是什么样子。这时，对自己的感情生活一向含蓄的查夫人温柔地向我澄清，当然，他们能找到彼此是幸运的。但是，她总结道："我们不能随心所欲。我们甚至连一辆车都没有。如果我们想分手，分开以后又能去哪呢？"在当下，我们所处的时代、拥有的社会条件和可能性都不同以往。可是尽管能做到，但我们真的会给自己离开的机会吗？还是说，我们甚至从未设想过这种可能？女性确实可以用自己挣的钱来做这件事。我认识一位女士，在她的婚姻生活中（她的婚姻其实非常稳定，他们有一个孩子和一份共同的事业），她积累了一笔不多但足够的积蓄，以便在必要时能够抽身，就像一个"分手账户"。有了"分手账户"，我们就可以随时离家出走，在另外的地方给自己找个永久或临时住所。这样我们就能够随时随地去任何地方，而不需要知道自己最终会落定在哪里。我们可以确保，无论时间如何推移，我们都能拥有毫不妥协的行动自由。我们不需要"因为房子的问题比较复杂"而继续和一个不再相爱的人待在一起，不需要因为没有其他解决办法而把自己限制在一个想要分开的人身边。我们可以给自己机会，独自生活，让自己重新开始，在必要时，甚至可以烧掉那座曾经花了很长时间才建立起来的桥梁。

长期以来，这种自由是女人无法获得的，因为在以前，她们做任何事情都需要得到丈夫或父亲的许可，而现在，女性有了工作机会和个人银行账户，这种禁锢已经大为减少了。然而，无论我们的经济状况如何，当我们希望开始一段足够长久的爱情时，却很少对这种自由加以审视。仿佛我们不愿意设想，有一天田园诗般的美好恋情可能会变成噩梦、战争或无聊之事，到那天我们不得不打包走人。虽然女性拥有的可能性已然改变，但我们仍然遵循着旧的模式，放弃了回旋余地，转而缔结婚姻联盟，共享资源和开支，建立经济上的忠诚。我们坚持共同购买，使用共享账户，公平地赠送彼此礼物，从建立关系起，一切消费都得是共同消费，而且我们无视任何普遍的法则，坚信两人都得对此表示满意。

我们可以带着优越感回顾过去几个世纪的婚姻，并批评它们不顾感情和契合度，只知道一味地建设、发展和保护财产。但与此同时，我们却没注意到，这种模式依然持续存在着。爱情的出现并不会使我们质疑这样一个事实：伴侣和家庭仍然是关于金钱和财富的故事。伴侣关系汇集了资源，两个人的花销方式和一个人的花销方式不一样。就算两人分手了，也必须以某种方式平等地分割财产，以确保双方在分开以后还能有同等的生活水平。而至于家庭，人们在家庭内部转移财产、继承遗产，还希望在生命的最后时刻得到后代或其他家庭成员的照顾。伴侣和家庭仍然是最能让货币流通、增值和积累的结构。否则，我们还能如何解释我们对权力夫妇的迷恋？他们是现代版的德纳第夫妇①，但我们却欣赏他们，因为他们拥有联合起来的强大能力。他们与那些结婚只为财富扩张的地主们又有何不同呢？

财产转移问题

霍华德庄园比那座我以后打算搬进去的老农舍要漂亮得多。这座典型的英国乡村小屋是 E. M. 福斯特的小说《霍华德庄园》和后来被詹姆斯·伊沃里改编的同名电影的中心舞台。庄园主人比我懂园艺多了，房子被花海簇拥着，而我连那些花的名字都

---

① 德纳第夫妇（Thénardier）是《悲惨世界》中的反派角色，他们经营酒馆，依靠欺诈别人为生，最后破产并流浪在巴黎。——译者注

叫不出来。木制品上有时间和仆人之手留下的痕迹。草地非常干净，女士们可以穿着白裙子坐在上面而不用担心弄脏。威尔科克斯一家认为这房子很简朴，但他们依然会不惜一切代价保住它，尤其是不会把它送给玛格丽特·施莱格尔——一个和兄妹住在一起的老女孩。《霍华德庄园》的整个故事可以浓缩在一小张纸片上：露丝·威尔科克斯临终前在这张纸上写下了她的遗愿，希望把家产留给即将失去自己家园的朋友玛格丽特。但她的父亲和孩子们在壁炉里烧掉了这张纸和背后的遗愿，他们最后不提房子，只送给玛格丽特一个简单的水晶瓶。

虽然玛格丽特对露丝的意图一无所知，但威尔科克斯一家却怀疑她要密谋夺取房产。鳏夫威尔科克斯提出要娶她为妻，但又想尽办法阻止她搬进来，尽管她很想。威尔科克斯一家富有而保守。施莱格尔家则富有而前卫（但比不上威尔科克斯家富有）。房子空着也没关系，反正在按计划传给儿子之前，那里绝不能住人。《霍华德庄园》讲述了财产权，这是对房屋的权利，同时也是对人的权利。在政治、社会和人性方面，玛格丽特和亨利·威尔科克斯都势不两立。但是，一旦两人正式结合，亨利就可以拒绝给予玛格丽特房子，还可以行使他作为丈夫对玛格丽特的权利——当玛格丽特表达那些他在婚前夸奖为迷人的想法时，他反而要求她冷静一下。在剧情的最后，玛格丽特重新获得了独立，夺回了房子，并确保在她死后将房子传给她的侄子，这挑战了资产阶级继承规则。

即使玛格丽特最终在经济上安然无虞，她的故事也完美地展现了老女孩在继承遗产方面的困境。在一个女性创造财富的唯一途径就是通过结婚以增加或保全资产的环境中，将自己排除在这一逻辑之外的老女孩往往会在遗嘱中被忽视，尽管她在经济上明明更加脆弱。由于死后没有子女可以继承她的财产，老女孩也被认为是在经济上没有"生育能力"的。就算作为家庭成员，老女孩可能有权得到这些钱，但是如果这些钱注定不会再分配给下一代的话，还有什么必要给她呢？我们不必回到维多利亚时代，也能看到这种机制在起作用。我见过许多这样的遗产分配案例：未育子女的姐妹分得的遗产比她已婚和（或）育有子女的兄弟姐妹分得的遗产要少，而这种分配却被说成是完全合乎逻辑和公平的。每当有东西要分配时，老女孩能分到的部分会比拥有妈妈身份的女人要少。与选择了一个人或悲惨或轻松生活的单身女性相比，人们总是倾向于认为为人父母者有更多的需求、更多的支出、更多的负担。人们从未考虑过，老女孩也可以通过一些方式将财产转移给其他人。我知道，如果法国法律保持不变，要是我想在死后留点什么给我的侄子，要付的遗产税将比传给子女的遗产税要高。所以人们觉得把遗产传给老女孩首先是一种浪费，是在挥霍耐心积累得来的资本。这还意味着家庭财富流失的风险，人们显然无法忍受。那些选择进入宗教的贞女们也面临如此境况，正如伊丽莎白·阿博特提醒我们的那样：

> 就教会而言，它有充分的理由鼓励贞女保持贞洁并将生命献给上帝，但这其中没有一个理由出自神学。在三世纪，宗教会众以女性为主。这造成了经济上的后果。虽然贫穷的贞女确实依旧贫穷，消耗日益繁荣的教会的钱财，但那些富有的贞女和继承了丈夫遗产的寡妇也不在少数，而且她们往往会把财产留给教会。①

　　老女孩没有来自伴侣或家庭的支持，断绝了血脉。她断了链条，就注定要成为家族树上的枯枝，成个死胡同。在经济上也是如此。尽管老女孩的处境岌岌可危，但这并不重要。如果父母决定给予我们生命，那么继承遗产理所当然是子女先验的权利，

① Elizabeth Abbot, *Histoire universelle de la chasteté et du célibat, op. cit.*, p. 92.

但这一点也不重要。父亲和母亲可能都想确保自己的孩子——无论在爱情中做出怎样的选择,都能尽可能体面地度过余生,但这也依然不重要。老女孩体现了自由主义逻辑中不可饶恕的失败:不育前提下的投资还有什么意义可言?

查克·柯林斯本可以一辈子靠香肠生活,而且这样的生活会比他实际选择的生活甜美得多。他是美国政策研究所的"不平等与共同利益"项目负责人,同时也是《财富囤积者:亿万富翁如何花百万美元来隐藏万亿美元》①一书的作者。但在此之前,他本可以无忧无虑地继承家业。他的曾祖父奥斯卡·迈耶(Oscar Mayer)是热狗之王,也是最早想到将自己的产品打造成品牌的企业家之一。奥斯卡·迈耶15岁时就开始在肉品市场工作。到1955年去世时,他与两个兄弟一起小规模创业的公司已经发展到拥有9000名员工的规模。这是一个成功的"美国梦"故事,是股东们最喜欢的精英发家史。曾孙查克出生时,也就是这位天才企业家去世四年后,这家公司仍在不断扩张。最终,在1980年代初,通用食品公司将其收购,而后通用食品公司又被菲利普·莫里斯(Philip Morris)收购,然后在1989年的

---

① Chuck Collins, *The Wealth Hoarders. How Billionaires Pay Millions To Hide Trillions*, Polity Press, Cambridge, 2021.

一系列合并后，成为美国食品集团领头羊卡夫通用
食品公司（Kraft General Food）。总之，这为查克提
供了不错的财务积累，他一辈子都不用在乎肉价的
高低。按照计划，他在21岁时继承了遗产。但是五
年后，他把所有财产都捐给了致力于消除贫困的协
会和基金会，选择像那些不如他那么幸运的人一样，
从零开始：

　　20多岁时，我有了一些顿悟，那就是，我和许
多有钱人一样，是在"泡泡"中长大的，也就是布卢
姆菲尔德山（密歇根州底特律市）的豪华郊区。我偶
尔也会注意到底特律存在着巨大的种族和经济鸿沟。
但是，我是在舒适的环境中长大的，而且接受了一
种"叙事"，如果可以用这个词的话，那就是每个人
所拥有的财富都是他应得的。后来，在我20多岁的
时候，我找到了一份工作，帮助那些因为无力支付
账单而面临驱逐的租户，买下他们的住所，这样他
们就可以继续住下去。那时，我才了解到很多人的
财务状况是怎样的。然后我回家，点开邮件——银
行对账单。上面会写着"哦，你的财富不费吹灰之力
就增加了25%"之类的话。在1980年代，我像是坐
在前排座位上以一种奇异的视角近距离目睹了很多
人的工资下降，而同时，像我这样的人的财富却在

增加的现实。①

　　从那时起，查克·柯林斯就在力所能及的范围内反对财富的过度集中。首先，这种现象显然并不公平，而且与受益者付出的努力往往没什么关系。其次，也是最重要的一点，柯林斯认为，这也是美国之所以深陷保守，并使不平等现象无休止地复制下去的原因。事实上，正是这些富可敌国的家族王朝为竞选活动提供资金，他们选择共和党候选人作为他们的马驹，是因为这些候选人不会损伤他们的财富并能使他们集中更多的权力。老女孩就是这个严密系统中的一道裂缝。在伊沃里的电影中，从《霍华德庄园》到《看得见风景的房间》，置身于那些只想着维护传统和特权的人中，老女孩往往是其中唯一的进步人士。与其他人相比，她没什么好再失去的(无论是字面意义上的还是象征意义上的)，因此她承受得起，去探索新思想，尝试新的工作方式——当然，这样的尝试换来的是少数对她的"边缘热情"感兴趣的人的怜悯和叹息。然而，打破链条、停止或改变惯常沿着婚姻和血缘纽带传承的模式，可能有助于我们创造一个更加平等的社会。为

---

① Chuck Collins, entretien avec Terry Gross, *Fresh Air*, émission radiophonique, NPR, 23 décembre 2020.

此，像查克·柯林斯那样，我们得有能力质疑我们对自身财务状况的真正贡献。我们必须接受这种认识可能带来的混乱。我们会开始思考，金钱不仅仅是一个有形的客观事实，也是一种社会、精神和心理分析建构。

财富的感觉

我们在什么情况下才会感到富有？在我与朋友的交谈中，我得出的结论是，对这个问题的回答并没有理性可言。我听过慵懒的"A10阶层"们在卢贝隆带游泳池的豪宅大露台上调侃自己的手头不宽绰，也听过领RSA[①]、救济金或打好几份工维持生计的朋友感慨自己的拮据。同样的富足感背后可能藏着不同的经历，仿佛财富的感觉与收入数字无关，与我们负担得起或负担不起的现实无关。在我的记忆中，我唯一一次感到富有是在圣艾蒂安上大学的时候。当时我同时做着寄宿学校学监、城市赛马场和热奥弗鲁瓦基查尔球场茶点吧服务员的工作，还给

[①] 即Revenu de Solidarité Active（积极互助收入津贴）。这是一种法国政府提供给低收入或无收入居民及家庭，以及低收入单亲家庭的经济援助。——编者注

当地报纸做一些自由撰稿的工作。这些工作的薪水都很低，但我还是能租上一套40平方米的公寓，要是在巴黎，我可不敢想。喝便宜啤酒，每天吃意大利面和咖喱饭，节假日则在野营地度过，季节在更替，但吃的东西倒一直是那几样。我用的家具都是捡来的，在穿衣上也不花什么心思，我和朋友们还经常借住在彼此的房子里。我没什么令人艳羡的财产，只有一辆二手车，但它能把我们从一间酒吧带到另一间酒吧，有时还能把我们带到附近的乡下，然后我们就像贵族一样坐在引擎盖上胡言乱语。当我开始步入职场并搬到巴黎以后，这一切都消失了。不过，我那些成双成对的朋友们则可以整合两人的资源，然后一起搬进公寓，他们中的一些人后来还买了自己的房子。对于没有在欧洲大都市生活过的人来说，高额房贷简直是天方夜谭，更遑论还要购买像样的家具，添置各种物品。作为一个单身女性，我唯一的选择就是租个单间公寓。只是我对这种情况的反应也毫无理性可言。

在巴黎的17年里，我的职业状况发生了多次变化。我当过按字数计费的撰稿者，也当过长期约聘的记者，失业过，也当过拿着体面薪水的副主编。但在这些年里，我从未真正改变过自己的生活方式。好像在任何时候，我都不允许自己花冤枉钱。那张宜家克利帕（KLIPPAN）沙发就是我这一理念的体现，它在我读新闻专业的时候就在里尔陪着我了，后来又跟着我到了巴黎，直到我42岁还在用。18年来，这张不舒服的沙发折磨着我的脊椎、屁股和精神，虽然我有能力把沙发换个好几回，但由于它还没有破碎肢解，所以我觉得它还能继续发光发热。我的鞋子、餐具和茶几也是一样——甚至桌角都是用胶带补过的。我对这些物件从不报以热情，因为我担心它们会侵占我。我还是这么生活着。在这座城市里，每个人都过着超出自己财务负荷能力的生活，但我越是生活在这样的环境中，就越习惯以低于自己消费水平的方式生活。是我变得吝啬了吗？还是因为我接受了自己与消费（在这座城市里，除了消费没有其他东西可言）之间关系的改变？——多亏了我的单身生活。

在巴黎，我发现了一些"生活方式伴侣"。他们的恋爱关系完全建立在装饰、美食和旅行这三位一体的基础之上。他们的所有对话无外乎他们尝试过哪家餐厅、想尝试哪家餐厅、想在Merci①买些什么以及希望在下次度假时入住哪家酒店。他们的关系围绕着共同的消费而组织起来，因此他们能够一起

---

① 巴黎的一家复合生活概念店，售卖服装、配饰、家饰、香水等商品，还拥有书店区、花店区、咖啡区等。——编者注

享受生活，并成为由共同兴趣和共同经历所巩固的
稳定伴侣。这是我认为最令人沮丧的爱情化身之一。
但它至少有一个优点，那就是这个极端版本揭示了
伴侣与金钱之间的关系是与单身人士不同的。这件
事也是我在独自生活了很长一段时间后才意识到的。
在此之前，我只看到，无论你是一个人住还是和别
人住一起，酒店房间的价格都是一样的，没有人能
和我分担账单和房租，为了去到那些有足够地方接
待朋友的人家，我不得不多走一些路。我忘记的是，
当人们结合时，就出现了两人需要共同维系的生活
方式——也正是这种生活方式，会在离婚或分居发
生时，成为人们哀悼的对象或法律谈判的主题。在
恋爱初期，甚至在约会期间，情况尤其如此。我们
越来越多地外出以增加见面的机会，与新认识的恋
人一起周末出游，毫不吝啬地花钱做准备以及打扮
自己。在播客《无性生活》中，奥维迪表达了她对女
性为了可能的性爱（也许吧，毕竟在相识初期，到
底会不会上床还不确定呢）而不得不承担诸如脱毛、
内衣、美容之类的准备费用的愤怒，她称之为"搞
排场"。这些都是我们能意识到并且接受的费用，我
们理解它们是特殊的、偶尔的、多余的。但还有其
他一些费用在夫妻关系建立之后才会产生。在这种
情况下，我们与这些多余之物的关系就发生了逆转。

这些"排场"变成了维持伴侣或家庭活力与和谐的必要开支。我们"需要"买一辆新车，这是为了孩子，我们"需要"在每个学校假期带他们去度假（这在一年中也占了不少时间呢），在圣诞节和生日时哄他们开心。我们还"需要"周末出游，外出去餐馆吃饭，享受彼此，重新点燃夫妻间的激情。一切都成了"必需品"。伴侣和家庭有点像巴黎，因为一旦我们决定搬进那里，就必须好好讨生活，即使那里超出了我们的经济能力。必需品和附属品的差别变得暧昧起来。

拜工作所赐，我也曾一头扎进这个误区。在很长一段时间里，我把大部分精力都花在了工作上，得坚持去按摩师那里报到才能保证我第二天能继续坐在电脑屏幕前。几年过去，我看过的治疗师数量多得都能成立一个政党了。为了与工作尽量相处愉快，我开始接受越来越多的治疗来调整我的骨盆，就像去4S店保养汽车一样。我还会通过正念催眠定期修复我潜意识中的故障，在磁疗师那里清除我的"负能量"，靠泰式按摩或推拿按摩来打通我的经络。为了工作，我花费了大量的金钱，而工作，它毁掉了我的生活。只要能应付工作，我什么都愿意做，但我偏偏不去思考这种情况本身。我的信用卡收据越长，我就越相信我这么做不是为了自己高兴，而是因为我需要这么做，我不能不这么做，我的境况要求我必须这么做。当别人建议我好好照顾自己的时候，我也是这么回答他们的。当时的我感觉自己经常感冒，浑身上下哪里都疼。在那些号称自己"需要"更大的公寓，"需要"海边度假或带着孩子去田野喘口气的人身上，我也看到了当时的我。如今，虽然我可以自豪地说我不用再看医生了，但我的很大一部分开支还是花在了替代疗法[①]上。现在我完全明白，我并不是非这么做不可，我这么做全是为了自己高兴，我因此感觉更好，这是我送给自己的一份礼物（不过，我可以稍微放慢点频率）。我也是以同样的逻辑来理解独身的，我可以对我的钱完全负责，对我挣钱和花钱的方式负责，最重要的是，我对自己说的话完全负责。也许这就是老女孩要教给我们的，这与她在人们心中的吝啬形象全然不同。她没有被关于婚姻生活和家庭生活义务、关于财富增长和保值的标准叙事所束缚，她敢于在该花钱的时候就花钱，不用援引共同生活中的突发事件来为自己花钱的方式辩护。她承认，金钱——无论其客观价值如何——存在是为消失。既然决定花掉它，不妨把它花在令自己愉快的活动上。（但这还是不妨

[①] 替代疗法一般指中医（中药、针灸、指压等）、食疗、芳香疗法等。——译者注

碍我担心自己未来的养老院生活。）

财务隐私

　　中学一年级时，我有一位虽然聪明但又有点扭曲的法语老师，可是对当时年少不成熟的我来说，这并不妨碍我竭尽所能地讨好他。当我骄傲地告诉他我15岁时就已经读过《魂断日内瓦》[①]时，他鄙视地看了我一眼，尽管他个子不高、身材瘦弱，但他还是用俯视的态度说道："这会让你现在就对爱情感到厌恶的，是不是有点早了？"这老师为人也许糟糕，但他的话完全错了吗？和许多少女一样，我也在等着找到我的索拉尔，而对阿丽亚娜为换取爱情而不得不过着的残暴生活完全视而不见。我在大学里又遇到了这位老师，他让我们学习阿尔伯特·科恩的小说，让我们了解爱如何融合、爱又为何不可能发生。他很喜欢讲关于厕所的那段故事，这对情侣建造了四个厕所隔间，这样便永远不会因了解到爱人的如厕状况而感到失望。他紧张地挥舞着的

　　[①] 这本书的作者是阿尔伯特·科恩（Albert Cohen），讲的是外交官索拉尔引诱有夫之妇阿丽亚娜的故事，他们在私情败露后选择私奔，索拉尔丢了工作，两人生活颓废、染上毒瘾，最后双双自尽。后文的索拉尔和阿丽亚娜指的就是此书的男女主角。——译者注

小手，试图让我们相信这对恋人有多愚蠢，让我们相信爱情不是那样的——天哪，他们错得有多离谱！我当时不敢吭声，更何况在此之前他还在众人面前批评我不写字母"t"上的横杠，说这显然是我心理脆弱的表现，让我好好反省一下。但事实上，不想和爱人分享一切难道是什么很愚蠢的事情吗？想要一点空间、想要保持一点私密，哪怕是和消化情况无关的私密问题，有那么蠢吗？

也许，《魂断日内瓦》的真正污点并不在于阿丽亚娜和索拉尔拥有如此多的厕所，而是很少有人能负担得起这种奢侈（所以说，我们更容易想象到的所谓真爱并不是像这两位主人公般的疯狂爱情，而是那种两人挤在一起、带着最纯真的喜悦相互融化的爱情）。老女孩负担得起自己的隐私，因为无论她身处何种环境，都是一个人生活，不需要处处设置安全警戒线。在一对情侣或一个家庭的生活中，保护隐私的成本就会高很多——这也是为什么我们宁愿告诉自己，隐私不是必需品，然后对那些情侣分居在独立卧室或两间不同公寓的情况表示不屑。然而，分居的方式也不失于是一种对伴侣生活的投资。我们可以对自己说，分居可以保护夫妻关系，避免潜在的灾难或未来的失职，也可以被放进预算里，作为伴侣双方的共同开支。然而，这种情况很少被摆上台面，即使被摆上台面，通常也是为了挽救岌岌可危的关系。我们完全被灌输了这样一种观念：两人的结合也必须是经济上的结合。在我们同意分担所有苦楚的同时，我们必须共同支付账单，共同修理坏掉的炉灶，共同更换一旦分手甚至都不知道该属于谁的沙发。独身生活则意味着拥有或保持独立，拥有财务上的隐私，而不一定要有一个共同账户。我们可以让自己不被监视，让自己的消费不被评判，当然，也接受不监视对方。用一种根据情况和需要而变化的团结逻辑来取代机械的资源共享逻辑，当我们对彼此不满意，或我们的道路不再通向同一个目的地时，双方就可以更容易地逃离后者。让我们不要把爱看作是一种或多或少有意识的经济投资，因为在这样的投资中，我们总会不可避免地产生被骗的感觉。让我们把爱看作是爱，这就够了。

第五章

动物性

　　在南太平洋法属波利尼西亚的法卡拉瓦环礁南部潮汐通道的水底，劳伦·巴列斯塔[1]正在发怒。他跺着脚，抱怨着自己的装备。巴列斯塔穿着潜水服，数以百计的黑尾真鲨包围着他，这些摆动的鱼鳍不会分散他的注意力：他的任务是找到给鲨鱼打标的方法，以便观察它们在水中的行为，确定它们是独自捕食还是发明了某种合作形式。吕克·马雷斯科导演的这部《鲨鱼探秘》既是一次科学实验，也是一部令人难以置信的纪录片。[2]巴列斯塔有点像海洋生物学领域的詹姆斯·卡梅隆，总是在研发机器和摆弄工具，让一些看似不可能完成的探险变得像度假一样充满乐趣。

　　如果你是第一次看《鲨鱼探秘》，你可能只顾得上看大批鲨鱼涌入水道的场景，它们正围绕着来这里产卵的石斑鱼大快朵颐。这画面是如此震撼，以

---

　　① Laurent Bauesta，法国海洋生物学家、水下摄影师，曾创造"与700只鲨鱼共处24小时"等世界纪录。——编者注

　　② Luc Marescot *700 requins dans la nuit*, Arte France/Le Cinquième rêve/Andromède Océanologie/Les Gens bien productions/ Filmin' Tahiti/CNRS Images, 2008.

至于你很难将视线从捕食者身上移开。它们从潜水员身边掠过，有时还会"推搡"潜水员。不过，在这些壮观的镜头中，还有其他动物的行为同样令人印象深刻。例如，巴列斯塔向我们展示了一种鱼，它用装死的方式来逃脱鲨鱼群的注意。它一动不动，就像一根随溪流而动的木枝，在大群捕食者中间仿佛隐身了一样（因为鲨鱼只捕食移动的目标）。如果是在皮克斯的动画电影中，我们肯定会看到它紧张地睁大眼睛、竭尽全力保持平静的情态。但在这里，在这片太平洋海域，它将是少数几种能逃过"大屠杀"的"幸运儿"之一。

我们的眼睛习惯于首先发现大型动物或捕食者的行为。我们会看到狮子、鲨鱼、狼，但很难一下子注意到昆虫、鸟类或啮齿动物。今天，还有谁会惊叹于鸽子自带的导航技能——虽然那是人类永远做不到的？沙漠甲虫每天晚上爬上沙丘，用翅膀收集微弱的露，最后才给自己留下几滴。还有谁惊叹于它的毅力？自达尔文以来，人类习惯于将动物王国视为食物链，而不是每个元素都对整体平衡负有同等责任的生态系统。人们倾向于关注金字塔顶端的捕食者。不会有人把别人称作华尔街之"鹿"之类的。我们会给一部讲述律师事务所的美国电视剧起名叫《鲨鱼》，而不是"大象"——尽管大象拥有把羚羊从围栏里解救出来的能力。在商学院、在公司、在创业国家[1]，没有人会说"你要像蜂鸟一样思考或行动"，他们要求你像狼、鲨鱼或公牛那样思考。毕业于法国高等师范学院的桑德拉·吕克贝在她的作品《没有人拿出枪》中，解读了七名法国Orange电信公司高管在员工自杀潮后受审时使用的语言。[2]她还提到了自己偶然读到的一期《哈佛商业评论》（法国版），这期杂志以特辑的形式介绍了未来的伟大构想（当然是商业构想），每种构想都借由一种野生动物来介绍。这是一个很好的例子，我们可以看到，只要符合人类的利益，人们可以随心所欲地解读动物的行为：

蜥蜴的配图：大构想 #1 要更快地改变。

兔子和乌龟的配图：大构想 #2 要发现颠覆性的创新。

---

① start-up nation，指一个国家或地区拥有活跃的初创企业生态系统，尤其是以高度创新、企业家精神和技术发展为特征的国家或地区。——编者注

② 由于一系列裁员计划和薪酬调整，法国Orange电信公司在四年内有多达19名员工因不堪忍受而自杀身亡。该书围绕2019年5月在法国巴黎开庭审理的法国电信案展开，对管理语言进行了批判性分析，这种语言将员工从"雇员"重新定义为"合作伙伴"，但实际上，他们不再产生足够的效益时就被忽视。作者详细剖析了被告高管们如何在谈论员工自杀事件时淡化其严重性并将责任推卸出去，揭示了语言如何被操控以服务于企业利益。——编者注

长颈鹿伸长脖子的配图：大构想 #3 要有韧性。[1]

我的重点并不是要描述有关由物种进化论曲解来的社会达尔文主义以及由此衍生的种族主义、性别歧视和优生学理论的糟糕反刍。虽然很多人已经有这样的论点，但本章节的重点是要看看我们是怎么将"适者生存"的机制应用到我们的爱情生活中的。

动物图腾

人类坚持自己的动物身份，尤其是在为自己的行为辩护时，特别是在为自己无法控制自己的行为辩护时。例如，我们用动物来为自己的性"需求"辩护。我们用"火热公兔"的比喻来做夸奖，"像公牛一样交配"或"像驴子一样勃起"也有赞赏的含义，但同时我们用"母狗"来骂人，无论它们是否"发情"。无论做法如何，所谓自然的、动物的、人类的准则就是要像动物一样做爱。也就是说，一有需要就得做爱，有时兼之骚扰潜在的伴侣（这被称为"求

---

[1] Sandra Lucbert, *Personne ne sort les fusils*, Seuil,《Points》, Paris, 2021, p. 89.

爱"），这种性通常没有前戏而又很频繁。人们认为，动物会把性当作一种日常而平庸的行为，就像日捕猎物、夜觅栖所一样。即使在媒体讲述倭黑猩猩通过交配来解决社会冲突的行为时，也仍然强调了频繁性。无论你是想从此过上幸福的生活，还是想主宰整个生态链，你都必须先大量繁殖。这就是大自然的法则。

但性真的是那么自然的事情吗？这让我想起了一项极具病毒式传播力的"研究"，主题是男性和女性每天思考性的次数，结果从每天18次到50多次不等。这一论点通常被用来证明性占据着我们思考的全部。但是，无论我们在这个平均范围的最低点还是最高点，性念头在我们平均每天闪过脑海的6000个念头中都只占据非常少的比重。这些数字可能无关紧要，但它们助长了同样错误的构建性需求的概念。如今，科学界一致认为，从生理学角度来看，这种说法毫无道理。任何人都可以经历几天到几年的禁欲期，而不会造成任何功能障碍。我们的身体机器不会生锈，即使长时间处于停滞状态，在需要时也能立即重新启动。禁欲并不会阻碍人的心理和生理发展，最重要的是，不进行性生活显然不会威胁到我们的生存。但人们却觉得性是必须的。

是什么让这种"需要"的观念如此流行，以至

于都不需要论证了呢？这就又要提到金字塔理论了，
也就是美国心理学家亚伯拉罕·马斯洛关于每个人
实现自我价值的金字塔。这个金字塔的原理很简单，
它是1943年出版的《人类动机理论》的总结。金字塔
分为五个部分，每个部分代表通往顶层的一个步骤：
生理需求、安全需求、归属和爱的需求、自尊需求、
自我实现需求。最底层的生理需求有呼吸、水和食
物、排泄——到目前为止还不错——以及性活动。
人们并不关心马斯洛的全套理论是怎样被简化成了
一张示意图，也不关注他的想法其实是希望实现精
神上的满足，其中甚至有一些神秘学相关内容，而
且他还解释了一些需求并不一定要得到百分之百的
满足才能达到下一个层次。但正是这一简化版本大
受欢迎，尤其是在管理者和广告商那里，他们将其
视为激励团队和唤起消费者欲望的一种方式。性需
求作为一种生理需求的观点因此被明确确立，随着
时间的推移，关于所谓两性差异的论述也层出不穷，
据说男性——即使他们自己并不这么认为——比女
性更强烈地受到这种需求的影响（我们不妨花点时间
想一想，为什么男性要的东西总是更多，即使那是
并不存在的东西）。对"需求"这一概念的解释之所
以有趣，首先是因为它增加了一种额外的压力：性不
再是有没有能力（不能阳痿和性冷淡）或有没有欲望

（不能性欲低下）的问题，而是一种再基础不过的需求。如果不满足这种需求的话，我们人生的大厦就可能坍塌，无法再建任何上层建筑。1974年，世界卫生组织提出了"性健康"的概念，并将其纳入整体健康之中，将其包含在这一定义之下："……健康不仅是身体没有病，还要有完整的生理、心理状态和社会的适应能力"。而当今无性恋者所希望的便是人们不再把没有需求和没有欲望视为一种病态，将其视为一种自然状态，也就无需通过激素或抗抑郁处方来进行所谓的"治疗"了。

当我过上几个月的无性生活后，我开始感到一种羞耻，陷入自己是否正常的自我怀疑中。值得注意的是，我们每个人都记得自己上一次性经历发生在什么时候，却不一定还能想起自己前一天晚上吃了什么或上一次笑是什么时候。有一天早上，收音机里传来的一位行为学家的话改变了我的观点。他解释说，如果我们人类真的像其他动物一样，参照一般动物的性行为模式，而非我们选择记忆的某些特例的话，那么人类每年只会在特定的几周繁殖期进行性活动。在一年的其他时间里，我们就不该再想这回事了。动物只在很少的时间里想到性。动物性的本质其实是只将有限的时间和精力投入性活动

和繁殖。威廉·科茨文克的小说《熊从山那边来》[①]
讲了这样的一个故事。一只熊在树下挖出一个由一
位作家埋在这里的手提箱，作家死于一场房屋火灾，
而他以为自己埋在腐殖土里的箱子不会被侵扰。但
熊在箱子里发现了他的手稿，并把这份手稿交给了
纽约的一家出版社，成了美国文学界的宠儿。在这
本书中，尽管熊对三文鱼痴迷万分，却没有人意识
到"他"是一只熊，尤其是女人们，她们对熊身上无
法隐藏的动物气质所吸引。熊与其中一个女人发生
了关系，"他"一开始还犹豫着要不要再试一次，因
为"他"害怕会因此失去为过冬积攒的精力："熊闭
上了眼睛，待在自己的平静中，它的解离已经完成。
它刚刚完成了通往人类旅程中的关键一步，也就是
在一年里交配超过一次。"[②]如果说动物只把性看成是
一件例行公事，而且认为性在大多数时候是无用的，
那么我就终于能够接受自己动物性的一面了。但是，
以纯粹的动物性、生理性和"本能"的角度来看待性

---

① 威廉·科茨文克（Williarm Kotzwinkle）是美国小说家、儿童文学作
家和编剧，因将电影《E.T.外星人》改编成同名小说而为人所知，两度获美
国国家杂志奖小说奖，写作风格以幽默、讽刺和富有想像力著称。《熊从山
那边来》（ *The Bear Went Over the Mountain* ）以喜剧寓言的形式呈现了名为哈
尔·贾姆的大黑熊离开宁静而疗愈的森林进入闪耀而腐败的人类世界的历程，
讽刺了我们这个时代对金钱和名声的迷恋。——编者注

② William Kotzwinkle, *L'ours est un écrivain comme les autres*, 10/18,
Paris, 2016, p. 132.

爱，这对我们人类又有什么益处呢？不管我看了多少动物纪录片，我从未见过它们进行智力上令人兴奋的实践。

断情绝爱

多年没有伴侣的生活让我发现了欲望的新现实，大约15年前，当我停止服用避孕药，荷尔蒙又开始波动时，我第一次意识到，我再也不必去妥协或忍受我不想履行的"义务"，开始正视因为没有伴侣而无法按需满足自己欲望的现实，得出了一个非常简单但长期以来一直没有说出口的结论。

在伴侣关系中，无论采取何种形态，欲望都是带来紧张、压力、妥协甚至各种暴力的巨大源泉。不知道有多少夫妻带着惊恐的表情告诉我他们做爱的次数不如以前多了。无论在什么情况下，人们似乎都必须不惜一切代价保持节奏，并以周为单位来衡量。就我自己而言，我的欲望会随各种因素波动：处于月经周期的哪个阶段、外面的天气如何、必须处理的工作有多少、当下的智识兴趣是什么、运动量有多大，最重要的是，它取决于我是否有更好的事情要做。无论我是否有伴侣，这逻辑对我都一

样适用。这是我在恋爱中从未享受过的自由。我们
都曾出于友好和礼貌、为了避免冲突或结束争吵而
做爱，因为那是爱侣之间隐性契约的一部分。除了
由此引发的同意问题之外，我也是在独身生活中才
探索到欲望的多变性和季节性。起初，这让我感到
解放，然后是一种幸福，因为它让我能够赋予我的
欲望以它应得的比重，也可以让它保持在它应该的
比重。

回想起我在经历热烈的性渴望时的状态，我不
禁有些后怕。在那或长或短的时间里，除了床上的
事情以外，我什么都不感兴趣。我不再看书，工作
也心不在焉，会为了见情人而抛弃闺蜜，撂下手上
正在进行的项目，跟不上别人聊天时的节奏，脑子
里总是浮现出与谈话内容无关的画面。这种总是出
现在爱情喜剧、杂志和让人憧憬的浪漫故事里的状
态，是我当时急切想要体验的。我以此来衡量我的
某些经历，并以此证明那是值得的。但是一旦这种
激情退却，我就会从关系中抽身，希望能在下一个
人身上找回关系开始时的快感。今天，我完全想不
明白我当时怎么会让自己这么做。

许多伴侣也会遇到我这样的问题。有些夫妇在
感情不像以前那样热烈时启动了生孩子（或生二胎）
的计划，用家庭生活的后勤工作、喜悦和绝望填补

爱的狂热。在我的朋友中（无论性别或性向），我发现那些恋爱多年但不打算要孩子的人更会感到性方面的压力：欲望在他们的思想、谈话和争吵中占据了重要地位。让单身和非单身的人们都对关系、爱情和欲望少一些执着，难道不是一个好主意吗？现代社会的伴侣总是试图用激进或资产阶级的方式给彼此创造"重燃爱火"的空间。在一次我与母亲的聊天中，我们说起了人们的这些尝试。她记得在1980年代，有几对夫妇在他们的朋友圈里交换了伴侣。他们做了很长时间的朋友，直到其中一个人和另一个人的妻子在一起，而另一个人则和这个人的妻子在一起，他们依然作为朋友一起去餐馆吃饭或周末外出。我觉得这很恶心，我母亲却不觉得有什么问题。但同样，当我觉得在获得伴侣赞成的情况下偷情没有问题时，她则会觉得这样很恶心。每一代人都会发明一些东西（如开放式关系或多角恋）来支持、升华伴侣关系，并试图解开关系的枷锁。但没有一个人敢坦率地对自己说，也许伴侣这种关系本质上就行不通。

约莫20年前，电视从我的公寓里消失了。不是因为它沦为了堆放复杂哲学书的书架，而是因为我什么节目都看，一看起来就没完没了。只有让电视机消失，我才能让自己不在无关紧要的图像上耗费几个小时。即使如此，在餐厅或朋友家，假如电视开着，我就无法集中。我会被屏幕吸引住，然后一顿饭的时间都盯着W9电视台上循环播放的片段，不时发出"嗯嗯嗯"的声音，好让和我说话的人以为我在听。不过，我在家也会给自己留出一些时间来看回放。我爱看的大部分是真人秀节目，排名前两位的是《好声音》和《兰达岛》。当我在《设计家》杂志工作时，我也会追其他节目。很多人爱看的节目我都没看过。每天早上，他们都会给我讲述前一天播的精彩镜头，让我了解最新进展。但当我真正去看这些节目时，总觉得没有他们转述得有趣。不过，为了弄清他们说的是什么，我还是看了一集《心碎别墅》(*La Villa des cœurs brisés*)，然后又看了两集，最后看了80集，整整两遍。在两个月的时间里，我仿佛和他们生活在一起，追随着他们邂逅的节奏，观看着他们的情欲冲动，也参与着他们史诗般的争吵。最后我再次彻底明白了为什么我不想要伴侣关系。

《心碎别墅》节目的设计很简单。自2015年起，他们邀请一些在其他真人秀节目中已有名气的嘉宾（常常是因为他们耿直坦率的态度——"我就是这样的人，你不喜欢就滚蛋"）或素人嘉宾来参与这档节目，大家会在一个好天气的日子里相聚在世界尽头的一栋豪华别墅中。别墅很大，靠近海边，还有一个游泳池，不过，尽管空间很大，但所有房间都是共用的。要想进入别墅，你必须有一颗"破碎的心"，而这颗心破碎的具体原因会成为候选人待解决的"难题"（任务）。这个问题会出现在自我介绍中，并在与坚定而公正的爱情教练露西·马里奥蒂（Lucie Mariotti）的谈话中得到解决。在候选人提到的需要治愈的创伤中，总有一个共性问题以这样或那样的形式反复出现：被背叛。它可以是出轨，但更常见的是发现伴侣"在网上和别人密聊"。露西用她那一套乐于助人的"工具箱"来抚平破碎心灵的创伤，使他们能够再次信任潜在的伴侣和爱情。在别墅的种种混乱之中（一位嘉宾刚要走出创伤，他或她的前任就会被请到节目中），一些人的痛苦非常真实，经过几次辅导后，露西揭示了他们创伤背后真正的原因（如走不出的丧亲之痛、复杂或有虐待倾向的父母关系、有毒的关系等）。节目组所做的一切都是为了确保他们不要放弃爱情。无论经历过什么，爱情都应该重新绽放。为此，他们必须付出努力。在候选人中，有一位特别吸引我的注意和同情：莱安娜·扎维（Léana Zaoui）。她漂亮而自知，从不假谦虚。她大方地承认自己不爱练马甲线，还做过整容手术，而且在穿衣打扮方面只有一条原则——"要么美丽冻人，要么丑得暖和"。她遇到的难题与其他人截然不同，其他人只是不知道如何处理自己的嫉妒心或以自我为中心的态度，她的"难题"则在于她根本不在乎爱情。"爱情不是我的首要任务"，每次她在镜头前说话时，总会出现这样的字幕。她养狗，有工作，有朋友——她没时间和男人纠缠不清，甚至连想都没想过。不过整个制作团队都在费尽心思让她改变主意。

观看《心碎别墅》，就能理解超大号的爱情压力缘何存在。"不想要爱情"居然成了个问题，如果节目还想鼓励用有毒的行为来解决这个"问题"，那就更糟糕了。在别墅里，人们想测试的不是"我对另一个人感不感兴趣"，而是"对方对我感不感兴趣"。当出现极度的吃醋场面或早餐时的争吵和对峙场面，人们就能证明对方是"真心的"——这也是节目的关键词之一，因为这证明对方真的在乎这段关系。像第五季中的阿布（Abou），他恋爱时很安静，不会摔杯子，也不会因为心上人和别人说话就发飙，结果他被归类为软弱，因为他没有努力争抢。这就是真人秀的话语，在这之中，我们看到他们越来越多地使用功利主义和创业国家的自由主义式话语：你必须表现出你想要什么，不要害怕把自己的意志强加于人，你要让自己受尊重，不要放弃任何东西，你要坚持目标。我们在《兰达岛》等节目中也会听到这些话，在那些围绕爱情和寻找伴侣的节目中也会听到。在介绍来到别墅的参与者时，每个人会说出自己的名字、难题以及单身的天数，说这话时，他们或多或少带着一种惨兮兮的语气，就好像是来坦白衣原体感染的。

但是，单身必定是一个需要解决的难题吗？这些节目——我这里的重点不是批评真人秀，而是将其作为一面放大镜来观察每个人标准般的愿望——给出的答案是肯定的，整个社会也是如此。它们还表明，为了解决问题，我们必须做出让步。他们不允许莱安娜过上她自己的独身生活，虽然那样似乎很适合她。节目安排她去扛沙袋，以证明她一个人无力应付，而如果有两个人的话，负担就会减轻，就有可能保持前进。这是一个很有启发性的练习，因为这就是我们所看到的夫妻生活或家庭生活，一种分担负担、让生活更轻松的方式。我们并没有提出怀疑：我们非得扛沙袋不可吗？

我们从不质疑这种模式，而是不惜一切代价寻求安排和妥协，以维持这种模式。在这一点上，伴侣和家庭都遵循自由主义和资本主义的模式，并采用同样的词汇，即优绩主义、消费主义、增长和繁荣。即使是改变这种模式的最深远的尝试，也只是

"搞搞装修"而已：这就像换了房子的装饰，但墙壁的结构却没有改变。这就好比邀请一位女士购买"性感内衣"来调剂她的关系。还有比这更令人无语的指示吗？当我们已经不喜欢这段关系了，我们不急着收拾东西走人，而是要去买一大堆我们自己不想买的内衣？伴侣和家庭就是我们肩上的沙袋，而我们所做的一切都是为了让我们渴望这些沙袋。因此，我们想象，我们热切地相信，没有这些沙袋，生活就没有价值。我们相信，在沙袋之外，没有完成自我实现的可能。无论它们有多重，无论我们得付出多少辛苦，我们都想扛起沙袋，想拥有自己的沙袋。有时，我们想要的已经超过了我们所能承担的。无论用什么样的形态，我们都想不惜一切代价拥有和积累爱或性的经验，就像积累财富一样。我们想要利用好这个时代广阔的可能性，拥有更丰富、更频繁、更多样的爱和性。要是有谁不扛沙袋的话，那我们可绝不能接受这样"不公正"的事情出现。

沟通、理解、克服、巩固、妥协、忍耐、调节……所有这些词都来自所谓的"工具箱"，他们（无论是专业人士还是业余爱好者）有意图地借用这些工具向那些在关系中挣扎的人提出建议。他们想传递的信息是，任何关系都可以被修复、被建立或被重建、被重新装饰，这样它就会再次焕发生机。

婚姻（或任何其他形式的伴侣关系）是一种劳动。就像劳动有价值一样，伴侣关系也存在价值。在自由主义时代，我们已经接受了这样一种观念，即如果要使婚姻有价值，就必须付出艰辛的努力，就必须做出牺牲，而且我们必须做好要牺牲的准备。

学会离开

30岁那年，我和一家专门报道图书世界新闻的杂志社签下了我的第一份长期合同。我当时厌倦了做自由职业者，厌倦了经济上的不安全感，厌倦了为永远见不到天日的报道而浪费时间，也厌倦了毫无章法的混沌日子。有了长期合同和公司，我终于可以有一份正常的工作了。我有了办公室、座机和名片。我按照报纸每周出版的节奏安排自己的生活。任务来了，我就去做。开会，约见外部人士，吃工作午餐，遵守所有的规则，在月底领工资，有着标准化的状态。这让我在精神方面和社会关系方面都得到了休息。成为常规的一部分，这足以让我感到快乐。然而事情发展得并不如意。

我的上司无能又专横，团队内部也缺乏平等。我紧紧抓住少数几个我喜欢的同事，与他们相处融洽。尽管框架僵化，我仍努力保持着对工作内容的兴趣。我还给自己买了双鞋，疏解自己在艰苦生活中度日的心情。我做出了让步，也劝自己接受这是合同的一部分。直到有一天，一切都崩溃了。

在几个月的时间里，我总是心事重重地去上班。我经常哭泣。工作占据了我的全部大脑，我经常一连花上几个小时来解构一句伤人的话、一个数字的变化或一个管理决策。我甚至用这些基本上毫无意义的强迫性想法来折磨自己。我当时的状况和阿丽亚娜一样。她曾是造型师，在接受《偏离》（*Les Déviations*）杂志采访的时候说，有一天，当她以为一切都好时，她却发现一条超短裙竟成了自己生活的靶子。那条不合身的粉色裙子在会议上引发了一场海啸，最后她辞职，回到外婆家住，并开始认真思考自己的人生。我也一样。我最后也从一场荒唐的会议上离席，再也没有回去。我也在开始认真思考人生之前先在家里崩溃了一场。今天，我知道当时我做了正确的决定。我不应该因为任何外物觉得自己一无是处，也不应该躲在公司厕所里哭泣，假装一切都很好。很明显，我当时如果强撑下去的话，情况并不会有任何好转，而如果我换个地方，试着和其他人共事，一定会有更好的路可走。但当时别人并不是这么告诉我的，我也不是这么告诉自己的，就像当我们在一段不满意的关系中，我们也不会这么想。

　　我们听到的是：事情最终会好起来的，你必须忍受住这一切。你确定你知道自己在做什么吗？你知道外面很冷吗？你知道其他地方的情况不一定会更好吗？你只知道你可以抛下什么，但你不知道前面能有什么。无论怎么样你都要坚持下去，等待更好的日子到来，最重要的是，千万别幻想还能有其他的希望。这真是神奇的思维。我们就是这样许下一些二流的愿望。

　　我记得TF1电视台有个轰动一时的报道，讲的是一对无法生育的夫妇。他们尝试了各种方法，在三年里进行荷尔蒙注射并严格按照时间表进行备孕，仍然一无所获。妻子整天以泪洗面，痛苦地看着别人的孩子，而丈夫则绝望地看着她，不知道该怎么做才能让她振作起来。他们住在舒适的房子里，两人的婚姻也似乎相对稳固，在经历了三年地狱般的生活后依然如此，他们的身体也很健康。但这些幸事似乎对他们来说都不重要，因为他们没有孩子，而他们认为自己有资格拥有一个孩子。他们为了要这个孩子，让彼此濒临崩溃的边缘，而且不再看重生活中其他一切，尽管显然更合理的做法是接受没有孩子的现实，并思考如何在没有孩子的情况下幸福生活。尽管如此，这个男人和这个女人也从未考虑过分手、放弃，或者以另一种方式在别处重新开始。相反，他们接着增加沙袋的重量，强化将他们捆绑在一起的绳结。我想，这个电视报道想要表达的意思就是，即使在可怕的情况下，这对夫妇仍然相互依赖，也就是说，他们是牢固的、团结的。

即使我们可以做到离开，离开也依然常常被视为一种失败。因为我们为此错过了一些东西，因为我们觉得没有足够的勇气重新开始，因为我们害怕空虚，因为我们觉得自己浪费了时间，最后得到的却比期望的少，因为我们告诉自己还有更多的东西需要体验。很多人都提到社会和文化生活中的"害怕错过"心理：我们总是害怕错过一些有趣的东西、信息或事件。这种心理促使人们永远保持联系，但人们总是失望而归。而爱情和家庭版的"害怕错过"是什么样呢？当有人离开了这一体系，当有人分手、离婚，当孩子去寄宿学校或去其他地方生活时，人们往往会觉得这一切来得太突然——当然，除非原本的情况真的令人无法忍受，我们才会如释重负地欢迎他们的离开。然后，我们会发现自己列出了一份清单，列出了所有我们没能完成的事情：下一个圣诞节、下一个生日、科西嘉岛的夏日度假、有朝一日本可以一起住的乡间别墅、能给家里带来经济上改善的升职加薪、让工作重获意义的新培训、踢踏舞表演……简而言之，我们想象着一系列尚未发生但在想象中很美好的事件（我们的金鱼记忆屏蔽了所有已经发生但结果并不那么不可思议的类似事件）。我们固守着日历，固守着仪式，固守着习惯，固守着我们觉得舒服的东西。我们不敢去想，也许自由、不稳定、不牢靠、混乱和未知并不一定是舒适的对立面。

我忘了告诉你们的事情

那天的事我几乎什么都不记得了。甚至前一天和后一天发生了什么我也不记得了。我对男友葬礼的记忆只剩下一些片段，而我甚至不能确定这些片段是否真实。我曾努力唤起这些片段，就像你会回忆起第一次顺利约会的晚上发生的那些美好的瞬间，只是为了确定那个男孩在地铁上吻你之后的弯弯笑眼，他称赞你的手，并把他的手放在你的大腿上取暖。一遍又一遍地在脑子里回放这些片段后，你最终会选出那些最能说明问题的画面，那些最能让你相信你想要相信的事情的画面，那些抹去记忆官方性质的画面。只是，这些画面，就像家庭老照片一样，由于姿势摆得过于庄重、年代又太久远，我们甚至想不出那张脸背后的名字，最终还是走向无言。回忆冻结了太久，我们再也想不起它是否真的意味着什么。

关于那天，我脑海中只留下这些画面：

——他父母把我们在滨海巴茨灯塔处的合影贴

在棺木上。这一幕我记得特别清楚，因为我至今还保留着这张照片。照片中，我从背后拥抱着他，笑得理直气壮。我想，从那以后我再也没有做过这个动作了。我穿着海军蓝T恤和红色短裤，还戴着帽子。那都是他以前常穿的衣服，从我们的第一个夏天、第一次一起度假开始，我就开始偷穿他的衣服了。他在照片上也是生活中那副仿佛微醺同时又很开心的表情，心甘情愿地成为我怀里的人质。他总是穿着黑色的卡车司机毛衣（要么就是他的蓝灰色披风）。和往常一样，他的肩膀微微内收。我们看起来很快乐，天真无邪，仿佛年轻而美丽地站在灯塔顶上是再寻常不过的事。光是抓住一切机会亲吻、在露营地的淋浴间里亲热就够令我们满足的了。

　　——葬礼现场来了一大群我无法定义的人。我只知道他的家人、我的家人和我们的朋友都在那里，还有很多学生、一些家长和老师。

　　——我的妹妹为我感到伤心，而我却没有勇气去安慰她。

　　——我的朋友埃斯特尔和她的伴侣朱利安（也是我的朋友）从土伦赶来。因为夏天在南方工作，两人都晒得黝黑。在我的记忆中，埃斯特尔的到来让我意识到这场葬礼是真实的，它不是一个玩笑，不是一场噩梦，简而言之，当我们试图理解一件难以理解的事物时，这种感觉常常出现。

——我的同学戴维，我曾与他有过一段短暂的故事，但我俩当时已经不怎么联系了。他一言不发地在来宾簿上签了名。在我的记忆中，那是一个安静的时刻，一个短暂的回归正常和尊严的时刻。今天，当我想起那个葬礼，我依然感到愤怒。那些我们并不认识的人对着这突如其来的悲剧哭得稀里哗啦、身形不稳。他们虽然震惊，但最重要的是，他们松了一口气，因为惨剧没有发生在他们或他们的孩子身上。

我记得的就这些了。我不记得仪式是什么样了。当时有音乐吗？有人读过什么经文吗？有人代表他发言吗？仪式持续了多长时间？我不记得了。我也不记得当时的墓地是什么样子，虽然后来我还去过。他孤零零地埋在一个小墓穴里，他的黑白全身照片嵌在波浪形的墓碑上的小圆框里，他的发型看起来就像婴儿摇滚歌手一般。

他在25年前去世，他叫热罗姆，他是我第一个爱过的人。直到我现在还在想，他会不会是我最后一个爱过的人。

在一起（Together）

他没回到家的那天晚上，埃米莉还有塞布和我一起等着他回来。埃米莉从一年级起就是我的闺蜜了，塞布是她的男朋友，也是热罗姆的好兄弟之一。在此之前还有其他人在，我忘了都是谁，但他们那时候已经回家了。当时我们在我父母家。我想，我们应该是在喝啤酒、玩马里奥卡丁车中度过了一个晚上，就像每次父母给我放周末假时那样。热罗姆当时正在回圣艾蒂安的路上。平日里，他在瓦朗斯附近的农场工作，节假日去采摘杏子。但当时，他应该开着他的R25车子吧，他太爱那辆车了，把它当成凯迪拉克一样呵护。我喜欢看他驾驶这辆车，和一起工作的凯茜一起跑里程。已经午夜了，他该到了。上个周末他就迟到了，那时他还嘲笑我竟然那么担心，所以这次我对着埃米莉和塞布开玩笑说他怎么又迟到了。但我还是让他们留下来陪我等他，以防万一。一个小时过去了，还是没有他的消息。在没有网络和手机的1997年，我没法知道他在哪里，也联系不上我的父母，因为他们去普罗旺斯了——走的时候，母亲本想把她旅馆的电话号码留给我，但我不屑地拒绝了她，觉得不会有什么火烧眉毛的事情需要找她。当时，我也联系不上热罗姆的父母，他们住在乡下，离我家有一个小时的路程，而且他们家里根本没有电话。于是我开始给医院和警察局打电话。

当我打给警察局的时候，他们说，是的，这个名字很耳熟，他好像摔倒了，现在瓦朗斯的医院里。我紧张地笑着挂了电话，心想，哎呀呀，他难道是从树上摔下来摔断了腿吗，那我们还怎么去度假啊。我接着给医院打电话。当时应该是凌晨一点了。我得知他确实在医院，但不是摔伤，是车祸。他们不能告诉我发生了什么事，只说我最好去一趟，真的，他们不能告诉我更多了。但他不是一个人吧？和他一起在车里的应该还有个女孩，她现在和他在一起吗？对不起，女士，很不幸，那个女孩已经去世了。你最好来一趟。

当时，我的朋友们已经吓得面无血色了。我们尽力安慰自己。我像是上了发条似的开始做各种事情。我打电话给警察局，让他们想办法通知热罗姆的父母（我想他们应该会派人去他们家）。我们开着塞布的AX车出发了。车程一共有四五个小时，我们中间停了好几次。塞布心慌意乱，有几次头差点栽在方向盘上。我让他在有电话亭的休息区停车，好给医院继续打电话（"对不起，我们现在还是不能告诉你任何事情"）。我们还被警察拦下，他们似乎怀疑我们开着市面上最慢的车超速行驶。无论我如何恳求说我们在赶时间，他们还是对我们和车子进行了一番仔细的调查。

我不知道我们到达医院时已经几点了。在我的记忆中，天还是黑的。医院入口处有薰衣草香，很浓，以至于我在未来的几年里都讨厌这个味道。护士们来了，人很多，大概有四个。其中一个对我说了些什么，我听不懂。她好像在轻声说着什么，但声音太轻了，我大概得戴上助听器才能听得到。后来的事情我不记得了，是塞布和埃米莉告诉我的。足足三个护士才把我控制住。我不记得是谁告诉我他并没有当场死亡，他是被直升机救出来的，但最后还是没有抢救成功。我想我肯定高声尖叫了，但即使这么多年过去，我也不想再在脑海中重温那样的尖叫声了。我想去看看他，在他们把他送到停尸房之前，我不想丢下他一个人。我伏在他身边。看到他脏兮兮的指甲时，我感到一股爱意涌上心头，就像往常一样。我把脸颊贴在他的胸口，我喜欢听他的心跳声，但现在那里好安静啊。

那时我才意识到，人生并不像电影。在前往瓦朗斯的途中，我想象着自己来到他床边时的场景。我想，那时他大概已经睡着了，手术的预后可能不太好，但仍有希望，我会在房间里踱来踱去，然后精疲力竭地倒在他身边的椅子上，但依然握着他的手。凌晨时分，他会捏捏我的手，力度起初很微弱，后来足以把我唤醒。这美妙的时刻会让我们再也不能分离。但在现实中，我知道我必须放他走了，在内心深处，我知道这一点，因为我开始闻到房间里若有若无的甜腻气味。

　　我得通知我的父母，但我不知道他们住在哪。医院里有投币电话，但没有普罗旺斯地区圣雷米的旅馆名录。我不得不打电话查询，但每次只能查到三个号码。我很生气，凶狠地大嚷大叫，但无济于事。打电话、挂断，试完三家酒店后再继续查询，我终于找到了他们住的那家酒店。我提醒前台，先告诉父母我很好，别吓到他们。但电话刚接通他们的房间，就传来了母亲的尖叫声。他们是在三更半夜被电话吵醒的，所以我能理解母亲为什么那么害怕，但我还是应付不来。母亲后来告诉我，我当时的声音听起来像个机器人。父亲接过电话说："你妈妈还以为你死了。""不，不是我，是热罗姆。"最后，他们赶到了，热罗姆的父母也赶到了，我不记得谁先谁后了。自此，我像是掉入一个黑洞，把一切都忘光了，只记得一两天后，我和父亲一起坐车回来，给热罗姆带了入殓用的衬衫。一路上都是烟花。一路上无言。这样也好，至少我不用听些无用的屁话。

继续（On）

很久以后，我才意识到，那一刻让我与其他成年人产生了多大的隔阂。他们为了安慰我，说出了一些可怕的话。在他们看来充满常识的一些句子却令我对整个世界愤怒非常，比如"这对他的父母来说更艰难""你还年轻，很快就会遇到新的人"或者"生活还要继续"。在某种程度上，他们是对的。我永远无法想象失去儿子或兄弟是什么感觉。我也确实找到了"新的人"。我的生活还在继续。我继续起床、睡觉、上学、上班，假装关心周围发生的一切。但同时，他们的话错得离谱。

我无法用别人的尺度来衡量我自己的悲伤。每天早上，我都会经历这样一个半秒，在这半秒里，我忘记了发生的一切，紧接着的下一秒，现实便像一幢大楼倒塌在我身上。从我的尺度来说，热罗姆的离开是我经历过的最糟糕的事情，直到今天依然如此。他的父母从来没试图证明他们的痛苦比我的痛苦更重，他们自始至终都对我非常体贴，在葬礼上和讣告中都未将我排除在他们的悲伤之外。直到今天我都很感谢他们。

的确，在这之后我很快就和别人约会了。还有很多人因此骂我"快乐寡妇"，这让我在很长一段时间里认为，我必须为自己处理混乱的方式辩解。我为开始一段新感情而感到羞愧。我无法解释我做的这一切与热罗姆的离开无关。我还觉得，尽管他们用异样的眼光看我，但看到我"重新振作起来"而不是跳楼自杀，大概也会放心一些吧。在那之后，我找到了唯一的解决办法，那就是把我监禁起来——我曾要求父母这么做，但没有成功。我需要不停做点什么事情才行，让我的大脑宕机，让我暂时停止哀怨、愤怒和无限的悲伤。之后很长一段时间，我都这样。也许从那时起，我就开始把爱分得很开了。

在那段时间，我的一位前男友被我无休止的求爱节奏吓到了。他说我好像是为了逃命似的。而我觉得那只是为了让我的内心有一刻安宁。

生活还在继续吗？当然。惩罚无法与生命机器相抗衡。我差点溺水的事件发生后，我也是这么想的。对于海岸上的人和我身边的人来说，世界还会继续转动，因为这就是世界的默认状态。但热罗姆死后，一切都变了。我还在学习、工作、认识男人、庆祝生日、支付账单，我的生活依然寻常，有时甚至很好，每天，我像太阳一样在清晨升起、在傍晚落下，因为这就是活着的意义。但是我弟弟告诉我，我再也没有像以前那样笑过了。他是对的。有些东西已经破碎，无论如何谈论悲伤和治愈的力量，它都无法再被修补好。我失去了他，除他之外我还失去了其他的东西，但我无法量化、无法列举、无法描述。我知道，在这之中，有一份我们曾拥有的纯真。我们在一起的时候，我从未问过自己：我们的关系意味着什么，我们要去哪里，我们的关系是否"正确"。我无法保证他会成为我孩子的父亲或我永远的伴侣，但不去想这些也许是件好事。在1997年后，我不再认为爱情是自然而然的事，是必然的事，是正常的事。

　　根据DSM-5[①]的说法，丧亲之痛得持续一年的时间，否则就会变成病理性的，必须使用抗抑郁药物治疗。这就像说"生活还在继续""一切都会好起来的""你必须向前看而不是回头看"一样荒谬。仿佛没有人愿意承认，这样的事情、这样的暴力和不公，不是靠意志力和韧性就能消化的。在20多岁的年纪，这样的痛苦会让一切都变得一团糟。我的朋友吕克和我都很喜欢一部被不少影迷们视为烂片的电影《人狼大战》。这是一部偏向奇幻的动作片，由连姆·尼森主演。他在片中饰演的约翰·奥特维是阿拉斯加的一名猎狼人，负责保护一家石油钻探公司的员工。风暴来临之时，员工们不得不离开。但载着他们的

───────────

① 即《精神障碍诊断与统计手册（第五版）》。——编者注

飞机却坠毁在了大北方的中部，正中狼群领地的中心。那是一部生存片，但最后人们却没有成功生存下来。我和吕克很喜欢片中的一首诗，经常在彼此绝望的时候互相背诵，帮助我们重获自尊。此外，片中还有一个令人难以置信的场景。当时，约翰在坠机意外中幸存下来，但其他工人却没有。其中一人最后是在他的怀里死去的。约翰没有安慰他，没有告诉他坚持住、一切都会好起来。当这个人惊慌失措，意识到自己大事不妙的时候，约翰非常平静地告诉他："你快死了。事情就是这样。"这一幕给我留下了深刻的印象，因为这是我当时最想听到的话。我真希望有人告诉我：你正在经历的一切将永远改变你的生活，你将永远无法真正释怀，也许你再也无法爱上任何人，这很可怕，但事情就是这样。

我努力地"哀悼"。我进行了两次治疗，一次分析和许多平行练习，以缓解创伤。我真的努力了。但25年后，我还是经常梦见他回来的场景。他只是去度假了，只是跟我开了一个糟糕的玩笑，只是不知道该如何离开我。我很高兴见到他，我抚摸他、亲吻他，我哭了，然后他告诉我，他该回去了。我说不要，但他还是走了。有时，梦中他的面貌会有变化，有时，我会听到他那没给我留下任何物质记录痕迹的声音。大多数时候，梦里的一切都很模糊。

当我醒来时，我同时感到再次见到他的喜悦和意识到这一切都是谎言的痛苦。我花了很长时间才想明白，他并不是为了向我保证他的不离不弃而从死后回来看我的。我一直梦见他，是因为我自己不想让他离开，无论我为了见到他而编造出多少荒谬的借口。我一直召唤着他，想听他告诉我他不能留下。

当我开始写这本书时，这个梦又变了。在最新的版本中，他注意到了我的白发。他对我说："你应该照顾好自己。"我知道我是在自言自语。但是我扮演贞女已经那么久了；我因为他已经不能生孩子而且禁止自己生孩子，以免在不公之上再加一层不公；我甚至不知道再次坠入爱河是什么滋味，而最轻微的多愁善感的冲动也总伴随着奇妙的病态想法；我在内心深处选择不再爱一个男人，而不是冒着风险再次经历这一切。那么，所谓的"照顾好自己"究竟意味着什么？

我父亲的一个朋友在一场火灾中失去了全家。之后，他再次坠入爱河，组建了另一个家庭。但他又失去了这个家庭。在此之后，他又再次与他人相爱。当父亲给我讲这个故事时，我清楚自己远远赶不上这个人强大的生命力。我无助地看着自己的爱情力越来越弱。我放弃了。

沙（The Sand）

他去世两年后，当我开始重新找回一些立足点的时候，我唯一能表达的愿望就是我要一个人生活。我要住在自己的公寓里。为了买得起公寓，我接受了一堆吃力不讨好的工作。我想要一个中立的地方，一个可以让我自由地表达痛苦的地方，一个可以让我的思绪占据所有可用空间的地方。我希望有一个全新的开始，一片净土。于是，我把我过去的东西都留给了母亲（在热罗姆去世一年后，我的父母分开了）。银质照片、他涂鸦和留言过的书桌、他度假时给我带的碗、一个小精灵形状的吊坠、一些我们还没来得及抽的烟、他最喜欢的朋克乐队"NOFX"和"Bad Religion"的歌曲磁带。在搬到里尔或巴黎时，我没有带走任何东西，但当我毅然决然地搬到马赛时，我重新整理了一番我的宝藏。我又看了一遍照片，听了留下的磁带。有两盘磁带的存在我甚至已经忘记了，因为我从来没有勇气按下播放键。其中一盘录的是圣艾蒂安当地的迪奥电台（Radio Dio）的节目，该电台邀请了塞布和凯茜的一位朋友前来致敬，节目中没有悲情，只是播放了他们喜爱的歌曲。另一盘是热罗姆的乐队"Los Dedos"的排练录音，塞布也是乐队成员之一。音质很差，只能听到他们在两把吉他的音浪夹击下大声说着笑话。但在一片欢乐的喧闹声中，我终于听到了他的声音。我终于足够勇敢，将一切归零。

我差不多做到了。为了放手，我想请你帮我一个忙。我希望你能记住他，我希望你能分担我的重担，来继续这个仪式。请你们时常想起他，不要忘记他的名字——热罗姆·特里。请你们相信我，他是一个简单、优秀的年轻人，一个皮肤黝黑的害羞男孩。他喜欢画画，喜欢和他的伙伴们在车库里排练，喜欢开着他的R25，喜欢在我的课本上讲笑话，喜欢用NOFX的歌曲"Together On the Sand"来向我示爱。他话不多，但他的笑容会让你相信，生活可以很美好。

我所讲述的一切，是否只是因为我无法释怀的悲伤？也许是的。也许我只是在为自己固执地拒绝恋爱而寻找借口，是在将自己无法自我救赎的无能政治化，是在将一种悲痛化作知识，而这种悲痛归根结底，无论以什么样的形式，正是我们许多人都经历着的。但也许这些都不重要。因为当你粉身碎骨，随之而来的好处便是可以重建自己的一切。而且，不一定非得按照说明书来。

第六章

寻回努力之味

走进玛莱区舞蹈中心的课堂时，我是带着一种不屑的。我只是想看看米娅·弗莱能带来什么奇观异象，她那夹杂着英语的法语、快乐的表情和拍打身体的"pia pia pia"声，以及她说出的那些前言不搭后语的词句，都让我觉得可笑。位于一楼的教室里一共聚集了50多个人，房间的窗户很大，可以望见庭院。我们上课的前一个小时内容主要是强化肌肉和拉伸。大家按照军事化般的节奏行动，没有任何偷懒的可能，因为米娅能轻易发现最后一排中没有绷直的脚。于是我发现在这里上课并不是闹着玩的，我开始喜欢她了。第二个小时的课程从对角线开始。学生们分成两组，各站在教室的一边。米娅站在中间。我们准备跟着她，四人一组，穿过房间，并模仿她的动作。她像女王一样站着，目光紧盯着镜子，在出发前发令："为我走一圈。"她气势磅礴，神情坚定，就像要上战场一样。她走起来的样子是我见过的最美的姿态之一，仿佛周遭的一切都属于她，空间都在她周围扩展开来。她的一切都那么优雅、强大、富有个人特质。这一刻，我为之倾倒。我也想要成为这样的女人。

过了几周，我上课的频率高达每周至少三次，每天就连做饭时都在脑子里回顾动作，如果日程有冲突，我宁愿拒绝其他工作也要去玛莱区跳舞。其余的时间，我都在等待我最喜欢的时刻到来，那就是课堂的最后20分钟，窗户被雾气笼罩，我满头大汗，确信自己的身体再也动不了一点，米娅正坐在音响旁的凳子上，对我们喊道："来吧，把它给我，就像我把它给你一样，现在就给我！"那一刻，我的身体顺从了，即使我的脑袋不知道该怎么做。我永远成不了一名舞者——我当时就知道这一点，但这正是我喜欢的——白白付出努力而不求回报。这也就是为什么米娅·弗莱是出色的老师。成效不理想也没关系，但如果你不够努力，她就会让你下地狱。

而我们也总被告知说婚姻和家庭是一份工作，还是一份艰苦的工作。一旦出现疑虑、遗憾或想要放手的念头，我们就会想到这一点。事情不可能每天都顺利，我们需要付出努力。为了解决无法忍受的情况，对方也需要付出同样的努力。如果不做出这些努力，分手就是不可避免的，也是合理的。努力——你所做的努力，你所要求的努力被期待产生结果。但我喜欢的是徒劳的努力。我喜欢的是不追求自身之外的任何结果的努力。我喜欢的是不求回

报的努力。我十几岁时看到万宝盛华的巨幅广告激
动万分，因为工人们正在组装巨大的拼图或巨大的
卡扣，而你不可能认为这些东西对任何人有什么实
际用处。吸引我的并不是他们裸露的上身和对基本
安全规则的漠视，而是看到他们为了拼搏而拼搏。
同样，比起比赛，我更喜欢训练；比起没有灵魂的胜
利，我更喜欢潇洒的失败；比起成功的人，我更喜欢
那些敢于尝试的人。

做点实事

　　在塞文山脉深处的一次瑜伽静修中，有一位学
员问我，如果不考虑钱的问题，我的理想生活会是
什么样。而我的描述基本就是我第二次自我隔离期
间的经历。我当时独自一人住在母亲的房子里。房
子位于一个小村庄，是最靠近森林的一处。在自我
隔离的六个星期里，我每天洗碗、除蜘蛛网、到森
林里打柴、给炉子添水、到花园除草、到山里散步。
我完全没有任何念头想去世界尽头的海滩上休闲地
锉指甲。我喜欢工作，甚至非常喜欢工作。但我不
再喜欢为别人工作了。

　　我是一个特别守纪律的人，在很长一段时间里

都有一种疯子般的心态，但我当时并不觉得这是个问题。我甚至为自己是机器的零件而感到自豪，为自己能超负荷工作而感到自豪，为自己因为工作忙而在晚餐时迟到而感到自豪，为自己对整个系统运作来说那么有用和那么重要而感到自豪。但是，由于没有生子，我脱离了生物学意义上的生产。这也彻底改变了我与生产链的关系。我才意识到，原来工作从来都不仅仅是工作。我开始观察一些人是如何在工作中混日子，以逃避在家里等待他们的一切。另一些人则把工作视为重演个人神经官能症的乐园。我还意识到，如果有人看着我工作的话，我就会工作得更努力、更出色，证明我对任务是何等专注，拥有何等令人难以置信的职业道德。但是，当我独自生活时，我才逐渐明白，当没有见证人、没有等级制度、没有目标时，我与工作的关系就不同了。在我做家务的时候，我不必为伴侣和家庭提供他们所期望的无偿劳动，但我也必须自己照顾好一切。我不指望我所做的工作能得到任何奖励、赞美或认可，如果没有完成的话，我只有自己可责怪，我不会接受任何人的命令，也不需要有人来赶着我努力。我不能实施任何策略来获得晋升或加薪，也不必为获得晋升或奖金而做出任何道德或个人层面的妥协。在独自生活中，我重新学会了热爱家务劳动，并将我的内部规则应用于外部世界。

　　现在，当我从那些成功人士嘴里听到这些现成的短语时，我感到非常尴尬，他们既不是为了参加比赛，也不是为了享受美好时光，更不是为了交朋友。我对那些往上爬和打脸别人的故事很警惕。我警惕那些把职业生涯当作一盘大棋来下的人，警惕那些谨慎地步步为营的人。我学会了拒绝为升职而升职，拒绝让我付出太多代价的薪水，拒绝那些只为作秀而不做实事的会议。我试着摆脱有形或是象征性的奖励机制，把工作当成洗碗一样对待。我努力把事情看得更清晰。一切都为了姿态之美，一切都为了努力之乐。这样，每天的工作就有点像电影《证人》（*Witness*）中的场景，哈里森·福特帮助阿米什社区的一对新婚夫妇建造谷仓：大家齐心协力，带着工具，在一天内完成任务，然后解散，回到各自的工作岗位。

承认自己的丑陋

　　学会独处还意味着要努力控制自己内心的混乱，以免给他人带来负担。我对焦虑、悲伤或愤怒的人没有意见。我看不惯的是那些只会吸血而不自问、从不睁开双眼的人，他们的懒惰只会压得你喘不过气来。当我开始回避那些要求太多的男人时，我也开始小心对待那些"过载"的朋友。我警惕那些把我（不管我是谁，因为这对他们来说不重要）当成救命稻草的人，警惕那些宁愿毫不犹豫地把我拽下水淹死也不学着自己游泳的人。由于我家里没有人能帮我分担痛苦，没有人可以在我伤心时给我打气，没有人来忍受我的脾气或焦虑，没有人可以责怪，我不得不下定决心和自己和解。我进行了一场持续七年的分析，从2010年到2017年。这是我从"哀悼"和职业倦怠中重建自我的工程的一部分。我怀着模糊的希望投入其中，希望最终能让自己感同许多人的感受，同时继续感到自己是独一无二的。我几乎每周崩溃两次，愤怒、流泪、在沙发上痛不欲生，看着自己的积蓄像阳光下的雪一样消融。长达两年的时间里，我自怨自艾，抱怨这个世界对我做了什么，为什么对我不公平，为什么我不配拥有，然后我才开始真正工作。我开始熟悉矛盾情绪、阻抗和次要获益这些心理学概念。我开始意识到自己曾经遭受的暴力，以及自己有意无意施加的暴力。我从来没有做过调查记者，但这次自我分析也算是我做过的最困难的调查了。

　　自我分析让我更快乐了吗？没有。但这是不去做的理由吗？我也不这么认为。要接受这样一个事实：我们既是他人神经官能症的受害者，也是他人创伤或伤害的潜在制造者。这种认识自然令我们非常不快。然而，这也是必要的认识。只有先收拾好自己的"烂摊子"，才能避免给他人造成（太多）负累。

精神分析充满了缺陷，也不乏某种形式的内在暴力：它固守过时的原型，对于性特别有执念，还"居高临下"地看待任何不符合异性恋框架的人，而且经济条件有限的人很难有机会接触到——这是一个污点，但这不是重点。不过，精神分析确实能让我们摆脱一些幻想：认为生活就是一个解决当下情况的问题，认为我们可以根据自己的性格行事，认为我们的反应方式对他人没有影响。在分析之前，当有事情让我心烦意乱时，我唯一想到的答案就是别人都是蠢蛋。但通过认识到自己的矛盾，我变得能够接受别人的矛盾。他们的话语、行为、反应、攻击、逃离的方式，都可能代表着我们自以为想要的东西和真正想要的东西之间的矛盾，也代表着我们所说的东西和我们自以为所说的东西之间的矛盾。了解这些有什么意义呢？这不是要让我们去爱每一个人，而是要避免我们认为其他人都是蠢蛋或者懒鬼，抑或觉得"他们不该这么做事的"的想法。毕竟在很多方面，我在别人眼中也一样"不该这么做事的"。

　　我虽然是身体健全的顺性别直女，但在如今社会的恋爱模式中还是找不到自己的位置。我有很多同性恋朋友，但我并不是他们的一员。我有很多少数族裔朋友，但我并不了解承受种族主义摧残的滋味。虽然我很想把自己看作一个开放的人、一个完美的盟友，但我的朋友圈里没有残疾人，我的"女性凝视"还没有去殖民化——我仍然认为黑人比白人漂亮，而且我还觉得自己有肥胖歧视的倾向。虽然我夸耀家乡圣艾蒂安的矿业和工人阶级历史，好像与有荣焉似的，但我一生中唯一接触过的煤块仅仅是那种放在水壶里净化水的活性炭。哀怨的语调会让我自动进入飞行模式，别人再说什么我就有点听不进去了。我会夸大意志力的价值（因此我先验地对缺乏意志力的人不太尊重）。我有偏执的倾向。我相信我在捍卫一种自由主义的爱情观，但尽管我在理智上对这种自由主义愿景持反对意见，在实践中却可能不自觉地支持了它。我认为我正走在一条通往解放的道路上，但我又怎么知道我不是资本主义时代的完美产物呢？我的"有权不选择"①，是否也是异性恋危机的完美产物呢？（虽然我没有受到次贷危机的影响，但我不可能每次都侥幸逃脱吧。）我接受这

------

　　① Eva Illouz, *La Fin de l'amour. Enquête sur un désarroi contemporain*, Points, Paris, 2020.

种持续而普遍的羞耻感，因为我承认自己并不像我希望的那样宽容、开放和聪明，这意味着我要努力把自己看成一个丑陋的人。

暴露自己的矛盾也是一种自我隔离。这就是我放弃夫妻和家庭生活时所理解到的。我承认自己是异性恋，但我并不认同这个体制的规范和做法。激进的女同性恋早就想通了这一切，但我却不是她们中的一员。要是成为一个酷儿，我就能与男性气质和解了，但我的欲望却又不属于他们。我相信社群，相信以另一种方式建立的家庭，但我又独自生活得太久了，因此这一切除了理论上的意义之外，再不能让我感到兴奋了。这就像一个在犹太教或基督教文化中长大的人意识到自己不再相信上帝一样。

这并不是我经历的唯一一次信仰危机。当我开始关注自己的表达方式时，我开始试着关注自己最常用的词语，也就是那些最"自然"地出现在我脑海中的词语。我首先感到失望的是，我意识到自己的情绪表达非常二元化。要么冷，要么热；要么好，要么坏；要么是0，要么是1，在两极之间没有他处。我还发现"tenir"①这个词位于我的常用词汇排行榜前

---

① 即英语中的hold，意为"拿，保持，掌握，承担，禁得住"。——译者注

十名中。这正是我曾经引以为豪的事情：无论如何都要坚持。而对我最好的褒奖就是夸奖我是一个"勇士"，夸奖我能克服困难并重新站起来。简而言之，这就是一种灵活而快乐的人生观。在我生病的早晨，我也是这样告诉自己的。我憔悴不堪地熬过痛苦的一整个夜晚。发烧和背部带来的疼痛让我神志不清。在两次微弱的昏厥之间，我得出了唯一合乎逻辑的结论：我的大限已到，天使要来接我了，我似乎都能听到号角声了。我竟从未想过要吃退烧药或打电话给医生（如果我打电话了，医生就会告诉我，这是因为肾结石）。我满脑子想的只有坚持下去，但愿能看到天亮——恐怖电影中噩梦结束的标志。天啊，我真蠢。为什么呢？因为在这个过程中，我完全忘记了为什么要坚持。我为什么要不分情况地坚持这个"坚持"，而不试试其他选项呢？

改变对话

2020年夏天的马赛，一切都像节日般美妙。露台上的每一杯饮料，每一家餐厅，每一次聚会都洋溢着欢乐。当时我刚结束第一次自我隔离，告别独自一人在巴黎的小工作室里只能举目望着对楼的生活，因此我特别乐于与我不认识的人交谈。毕竟此前的两个月来，我只能和我最熟悉的朋友们打几个语音或视频电话，要么就是向人行道上的路人挥手。现在，与陌生面孔的一丁点交流都像是一次非同寻常的冒险。因此，我怀着初次探险的激动心情，与我的朋友安托万一起在马尔穆斯克的岩石上喝着开胃酒。面对彭杜斯岛，我一边喝着啤酒，一边和他的十几个朋友一起观赏日落。他们都和安托万一样是同性恋者或酷儿。其中有些是黑人，有些则在心理健康问题上挣扎。我是这群人中唯一的异性恋者，也是其中唯二的女性之一。我们晚上的活动在朋友杜先生的家里继续举行，他一边开车带我们回家，一边在网上订购凤尾鱼和奶酪披萨。我们围坐在餐桌旁，桌上摆满了橄榄、花生和桃红葡萄酒，这顿即兴的晚餐就像平安夜派对一样。不过我们在社会阶层上的多元化程度就比较低了。在座的有记者、舞蹈家或媒体相关人员。我是在场朋友中年龄最大的。

　　在一片欢乐的喧闹声中，交流之夜不断延展。杜先生一边照顾着大家，确保我们什么都不缺，一边打趣说，他总觉得女人们在街上不会好好走路：她们一会儿靠这边走，一会儿靠那边走。他无法理解这背后的逻辑，最后他得出的结论是她们没有逻

辑。我打断他的话，告诉他，恰恰相反，女人在街
上其实不停计算着自己的路线，为了避开几米外的
某个奇怪的陌生男人，为了不走某一条散发诡异气
息的小巷，抑或为了当感觉到有脚步声一直跟着自
己的时候，能够以防万一，改道把他甩掉。他不相
信，开始辩称自己从没看见这种情况出现。就在这
时，小小奇迹发生了。和许多人一样，我已经习惯
了这种"男人说教"，它们一般都没完没了，以至于
如果不是特别想赢的话，我最终会懒得反驳。总之，
我已经准备耸耸肩结束这个话题，再拆一包薯片了。
但派对上的其他客人们却不这么想。他们请杜先生
再考虑一下，我的经验肯定比他的经验更有参考意
义，他最好听听我的意见，因为我比他更了解女人
是如何在街上走路的。每个人都认真听了我的讲述，
而且在打断我发出提问之前都表现出加倍的礼貌。
看来我并不是唯一一个受益于语言和交流的人。这
就是互相倾听的好处：可以产生不一样的对话。这有
点像那种围坐一圈的倾听会（比如酗酒者们参加的那
种）或某些冥想会，在那里，每个人都可以发言，每
个人都在倾听，而不急于表达自己的评判。那天晚
上也是如此。没有人断言一个无懈可击的真理，没
有人突然打断别人的发言，没有人向没有经历同样
情况的人指点他们应该怎么做，没有人对着别人说

教他们应该怎么想。通过和女性们、酷儿们和解构主义者们的交流，我得以练习这种谨慎、专注的交流方式。

我的朋友卡罗尔特别有语言天赋。在巴黎遇到她时，我正挣扎着巩固自己薄弱的英语，而她的英语显然说得非常轻松。她的西班牙语也说得很好，意大利语和德语也"过得去"。她虽然和我一样是个记者，但我不是在编辑部认识她的，而是在拉夏贝尔区的青年与文化中心（MJC）。在蒂埃里街舞课程上，只有我们两个是成年人（而且已经上了好几年课了）。我们两个都很难流畅地做出卷腕和指向动作，这共担羞耻的场面也成了我们友谊的基础。多年后，在曼谷的街头，我们还喝着啤酒谈起这件事。她在中国短暂地住过一段时间（虽然短暂，但已经足以让她稍微了解一些普通话），后来又定居在曼谷。才住了不到两年，她已经能说一口流利的泰语了。当我想从她家搭乘出租车出去观光的时候，也是她帮我和司机交流的。和所有其他游客一样，我想去卧佛寺看看，那里躺着一尊微笑着等待死亡的佛像，是曼谷最重要的旅游景点之一，所以我觉得这对出租车司机来说应该不成问题。然而，在我最终上车之前，司机和卡罗尔嘀咕了很久。晚上的时候，我问起卡罗尔，怎么说了那么久？有什么问题吗？她说，完全没有问题。只是在泰语中，一个单词的发音不仅只有一种含义，我们说的方式也不一定会被听者以同样的方式听懂。因此，他们来回的问答是为了澄清，确保大家说的是一个东西，消除任何误解的可能性。在曼谷，我学会了在我所说的东西和我认为自己所说的东西之间建立怀疑。这是一个启发。

我必须承认，在这些小小的语言顿悟中，我得到了几张不可小觑的王牌。热罗姆去世后，一切都失去了意义，尤其是语言。15年后的职业倦怠也让我对商业语言产生了永远的怀疑。长期的独身生活更是让我与诱惑的法则和爱情的词汇越来越疏远。无所不能的市场营销仍在不断掏空一堆词汇的意义，而人们对此无甚所谓。那么，如何定义我们正在谈论的东西呢？怎样才能确保我们所说的与我们所想的一致？当我们说话时，真的是我们在说话吗？怎样才能确保我们所说的话能被听我们说话的人所理解？这是解构主义的一个挑战，也是我们正在见证的革命，我不明白为什么它还没有席卷一切。这也是国际辅助语言试图做到的。其中最著名的就是世界语，这个名字本身就反映了人们对能有一种共同语言帮助人们理解彼此的愿望。国际辅助语言有很多，其美妙之处在于它们都是由处于敌对环境中的

受压迫者使用的，如中世纪阿什肯纳兹人使用的意
第绪语（yiddish），中世纪至19世纪地中海地区的水
手、商人、罪犯和囚犯使用的通用语[1]，印度变性人
和一些被视为柔弱的男人们使用的希吉拉语（farsi
hijra）等。在它们的时代，这些语言的存在给了人们
一个可能，一个不说征服者的语言的可能。

　　如果每个人都能努力思考一下自己说了什么、
怎么说的、为什么这么说，以及说这些话的真正含
义，那么一切都会不同。我总是惊讶地看到，人们
在做出反复无常、注定失败或自我毁灭的决定之前，
都认为自己依据的只是简单的常理而已，自己绝不
是小题大做。而常理的意涵对每个人来说都不尽相
同。我们继续重复着陈词滥调（"我们需要重新启动
增长""地球不会说谎""重要的是去爱"……），就
像小孩在幼儿园里背诵从家里听来的伟大真理，还
坚信这就是他们的真实想法。童年过后的许多年里，
我们仍在做着同样的事情。这就是少数派、激进分
子和解构主义者等与其他那些人的不同。他们会花
时间剖析自己的立场，试图纠正自己的叙述偏差，
将属于自己的东西与别人扣在他们头上的东西区分

---

[1] lingua franca, 原指中世纪地中海地区的一种通用语言。随着时间的推
移，这个术语现已泛指任何地区或领域内用作通用交流手段的语言，例如，
英语在当今的全球化世界就被视为一种"lingua franca"。——译者注

开来，试图理解别人穿的鞋及走过的路，从而避免再把强塞进喉咙里的教条话语强加于人。而其他那些人则坚信，如果一个人以某种方式思考和行动，肯定首先是由于他的性格；他们从不怀疑自己，而总是怀疑他人。

第七章

浇点凉水

当我询问别人"你希望拥有什么超能力"，最常见的答案是"会飞"。还有人希望自己能在需要的时候隐身。而一些有点反社会特质的朋友们则坦言，他们幻想成为《X战警》中的万磁王，能进入别人的大脑并控制别人。对我来说，我想要的是弹指间把我的身体变成一个火球的能力，就像打开燃气灶一样轻而易举。在我的幻想中，巨大的爆裂声音会是我蜕变的背景音乐。每当我感到愤怒之火从内心深处吞噬我的时候，我就想一次又一次地召唤这种力量。如果真能让自己燃烧起来，让自己拥有愤怒的力量，把所有惹怒我的人事物付之一炬，那一切该多简单啊。当然，从社会角度来说，背负这样的天赋会带来很复杂的问题。但在不考虑实际应用的情况下，我的想法还是让我既兴奋又羞愧，因为这意味着我无法疏解自己的暴力倾向。当我不得不自行消化愤怒，我就会像推土机一样穿过小区的街道，心怀扭曲的欲望，想要挑起一场斗殴，或者至少是言语上的冲突。不过这一切并没有真实发生，我无论在工作中还是在超市里都依然保持彬彬有礼，但我觉得自己就像《幽灵公主》①里那只被附身的野猪，愤怒放大了它的身体，它随时准备吞噬面前的一切。

如果愤怒只与特定的情况和特定的人有关，那就好办多了。但事实并非如此。让我愤怒的是整个世界，是生活，是我不相信的上帝，是我不理解的因果报应。热罗姆的死粉碎了我的整个价值体系、我的整套信仰、我的纯真和乐观。自那之后，世界变得充满敌意、危险、武断和不公。而我觉得，我自己也变成这样了。在变得贪婪的同时，我也变得冷酷无情。我对一切都漠不关心，与此同时，我却试图越来越多地表现出浓烈的感情。我的人际生活变得机械、失控且充满风险。我只赌错的马。我会因为陌生人没有给我想要的东西而陷入绝望的深渊，但也可能在第二天突然"上头"，于是毫无牵绊、毫不留情地离开。"上头"指的就是让愤怒占据上风，让愤怒冲进我的内心，占据我的一切。这样，悲伤在我心中便不值一提了。我在人际关系中变得咄咄逼人。我当时认为任何事情都必须在我想要的时候、以我想要的方式解决。我认为这是我的权利。

像大多数女性和少数男性一样，我也遭受过性

---

① 由宫崎骏编导，于1997年上映。——编者注

暴力，这让我很难在任何情况下都保持和气。从14岁开始，我在公交车上被男性蹭过，在学校附近遇见露阴癖，在体检的幌子下被性骚扰，在关系内被强奸，在街头被摁在墙上侵犯三次，还遇到过许多其他不受尊重的事情。所有这些暴力事件，除了让我更难以与另一性别建立伴侣关系之外，还让我开始反思自己是否也施加了这类暴力。我开始把自己看成是双面的，一面的我成了别人神经官能症的迫害对象，另一面的我则是有可能对他人造成创伤或伤害的潜在肇事者。我不想对我所遭受的暴力轻描淡写，那简直是一种个人屠杀，我也明白还有其他人遭受着比我更严重的暴力。我只是希望，通过将其作为一种既定的、坚不可摧的工作基础，我们可以揭开欲望与暴力的症结。（如果那些没有看到这个问题的人想置身事外，我也不介意。）我们如何才能在不受制于权力关系的情况下产生欲望，又如何才能在不行使权力的情况下产生欲望？

那些"Incel"①帮我思考了这个问题。在我们对这些"巨婴"的极端行为感到讶异之后，我们得以思考，他们的言论能告诉我们什么。他们认为自己有

---

① 指非自愿独身男性（Incel: involuntarily celibate）。他们是活跃于网络上的一类异性恋男性，极度渴望伴侣而不得，而倾向于把这种状况归咎于自身在容貌和性能力上不够有吸引力。这类亚文化通常与仇恨女性、对有魅力男女的敌对情绪等联系在一起。——译者注

权获得爱和性，却被不公平地排除在爱情市场之外。
这就是他们憎恨女人的原因——只是因为女性没有
选择他们而已。非自愿独身男性眼中的"英雄"，22
岁的埃利奥特·罗杰先是杀死了他的室友，然后冲
向一个女生联谊会的房子，想杀死那里的所有女学
生。没有人给他开门，他在3名女生经过时向她们开
了枪，然后向任何移动目标开枪，最后给自己来了
一枪。结果7人死亡（包括他自己），14人受伤。他
在一段视频资料中说，他计划向那些应该为他22岁
仍是处男这件事负责的女人复仇："如果我不能拥有，
我将尽我所能摧毁。"这个自称为"至尊绅士"的人
之所以大开杀戒，就是因为他不明白自己为什么没
有得到爱慕。不是"爱"，而是"爱慕"，而且不是
谁的爱慕都行，他想要得到的是爱情市场顶端人物
的爱慕。当他想在校园里大开杀戒时，他先去屠戮
了"Alpha Phi"姐妹会。非自愿独身男性想要篮子里
最好的果实，但他们却讨厌"Femcel"——非自愿独
身女性，因为她们把标准定得太高了①。即使并不是
所有非自愿独身男性都如此极端地自我憎恨和憎恨
他人，情绪中混合着如此的自大和不安全感，但他
们仍表达着一个意思：人们不会和随便什么人上床，

---

① 与Incel正相反，非自愿独身女性更倾向于自我贬低，她们把仇恨转
向自己，而不是指向他人。

人们只和自己渴望的人上床，和优秀的人上床。只有老女孩才愿意"捡别人剩下的"，就像法兰西·高的歌里唱的那样。去爱的时候不被爱，想要的时候不被想要，这让我们每个人都感到挫败。即使没有到网络骚扰或屠杀的地步，有谁没被人说过或想过"她以为她是谁啊，去她的"？为什么当我们安慰别人的时候我们总说"那个人不值得拥有你"？不管是真是假，这又有什么关系？我们为什么会认为自己的欲望必须得到满足？别人并不一定会给予我们索求的东西，我们如何才能接受这一点？如果我知道答案，我就可以省去很多精神折磨，少过很多不眠之夜。我们正学会用性同意的概念来拒绝不当要求。但是，我们能接受自己的要求得不到他人的回应吗？有时别人不一定会满足我们的需求，我们不能因此责怪他人。这不代表别人做错了什么，也不代表我们做错了什么。

我还没沦落到那一步，但我看到了几条出路。第一条出路是不强求。我们越是试图增加我们的经验，这些微小的暴力和挫折就会越多。当我们不惜一切代价想要建立一段关系，想强求一种承诺、爱和安全感，同时还渴望刺激、新鲜和强度，我们就不可避免地使自己暴露在这种力量平衡之下。虽然费洛蒙会减少摩擦，但它也依然存在。这也是减少爱情的意义所在。只有在利害关系足够大时，我们才接受这种遭受痛苦和制造暴力的可能性（并留出时间和空间从潜在的伤害或挫折中恢复过来）。

第二条出路是幻想。不是要创造不可能的场景来丰富你的想象力，而是恢复在脑海中经历但现实中不存在的想法。当我们害怕的时候，当我们认为可怕的事情已经或正在发生的时候，我们就好像在脑子里真正经历了一遍似的。大脑并不知道其中的区别。即使结果是皆大欢喜的，我们也会无缘无故地焦虑不安，因为当时我们的大脑仍然把这件事当作真实事件来体验。我们经常有这种体验，却不会觉得荒谬。那我们为什么不把同样的方法应用于制造快乐呢？过去，当我喜欢一个人而又无法接近他时，我的第一反应就是拒绝幻想。我会想尽一切办法去做其他事情，避免去想这件事，避免让情况升级。显然，这从来没有奏效过。如今，我反其道而行之。我精心给自己编织一个故事（我通常会给自己安排一个很好的角色），安排好细节和感受。我把它看作一种可视化练习。我知道它不是真的，但我会假装它是。我喂养着我的大脑，而不是让它在进不去的商店橱窗前流口水。

最后一条出路是找回那种轻松简单的感情关系。我从不擅长故弄玄虚、制定策略、等待或故意让人等待。总的来说，我从来就不懂什么是爱情游戏。有时候因为不懂策略，我会得到失望，甚或羞辱，尤其是当我还沉浸在荒谬的名誉概念中时。我从来不会被高不可攀的感觉所营造的伪权力所吸引，这也让我变得不那么受欢迎。在工作和友谊方面，我意识到自己对权力不感兴趣。我既不想承受它，也不想行使它。这就是为什么我喜欢轻松简单的男孩和女孩。他们直来直去，当即给出反应，而不是让你猜来猜去后再给答复。

谈谈身体

多年来，我和弟弟常常开这样的玩笑。通常，我们中的一个人走到另一个人面前，一脸不爽，然后用充满烦恼的语气宣布："我真不知道我这是怎么了，看看这里，怎么这么平坦啊，就像一块水泥板似的！"然后撩起衣服炫耀新练出的腹肌或变大的三头肌。这是一个让人百玩不厌的游戏，即使他总能赢过我。我永远不会成为那些身材苗条、皮肤白皙、双腿修长、膝盖妥帖地并在一起的女孩，尽管我一直认为她们代表着女性魅力的巅峰。我的身体看起来和她们一点也不沾边。我的胸部不够丰满，没有人们所说的性感沟壑，但身上其他地方却乱长肉，因此我也没法像纤细的藤蔓那样优雅。更重要的是，随着年龄的增长，我并不指望一个长期伴侣能一直对我的身体报以温柔的目光，我并不期待他会觉得我皱巴巴、松弛的皮肤或隆起的脂肪细胞很可爱。我从来没有真正爱上过自己的身体，但我学会了爱护它的密度，并为之努力。我喜欢肌肉发达、凝练紧凑的感觉。我喜欢依靠自己的身体，依靠它来运动、支撑、努力，像模塑黏土一样伸展（视觉上我离这个形象还很远，但这种感觉是存在的）。我感觉它是我最好的盟友。我就是这样好好对待自己的身体的。

长期以来，在我的印象中，我对自己身体的体验要么是疼痛（酸痛、疼痛、疲劳），要么是愉悦：通过性和高潮引起的荷尔蒙释放。我总是惊讶地发现，当我们谈论性生活时，话题都集中在实践方面。好像一切都是为了找到新的方法来达到同样的释放。我们试着改变伴侣、体位、环境、场景和方式，但基本上，我们仍在一遍又一遍地复制相同的身体体验。我没有完全拒绝发生性关系，只是减少了频率，但我已经因此获得了一种收回身体主场的感觉。我更加专注于自己，重新发现了身体的轮廓和边界，并开始重新栖息于此。与此同时，因为少了被触摸的机会，有时我会怀疑自己身体的存在。如果没有人触摸我的话，我还存在吗？因此，我开始寻找其他与身体建立联系的方式。发现更多微妙的乐趣，解除所有与性有关的潜在焦虑（性传播疾病、意外怀孕、不该产生的依恋、日常的虐待、脑子里解不开的结、成功体验带来的成瘾倾向），这让我松了一口气，还让我学到了更多。这也是一种拓展。为了弥补皮肤的寂寞，我开始经常寻求日常的身体接触。我去看骨科医生，做更多按摩，上更多的瑜伽课，调整我的身体。我上过一节很好的阴瑜伽课，老师会在纠正我的姿势之前，轻轻地整理我的头发。我也开始更多地与我的男性和女性朋友们接触，他们中的一些人非常乐于用肢体接触表达他们的友谊。瑜伽、舞蹈、按摩和毫不含糊的拥抱都让我明白，即使没有那神圣的性行为，我们也可以让自己的身体丰富地生活着。

　　我搬到马赛的部分原因就是为了能少穿点衣服。在这座城市，人们的身体是可见的。如果你在热浪中穿着超短裤走来走去，别人的第一反应是你很热，而不是你自找强奸。在这里，你可以看到多样化的躯体。不一定非要达到超级名模的体型才配露出自己的身体。人们经常脱掉衣服下水游泳或在岩石上享受日光浴。身体在城市中也享有它的一席之地，这改变了一切。我能够将感官体验作为一种例行公事，从而不再对性和爱的感情有过多期待，我知道，它们只占据生活体验的一部分。此外，在所有国家和所有时代的宗教弃俗者和禁欲者中，我们都能看到与感官体验极为相关的仪式做法：苦修、鞭打、跳舞以进入狂喜状态、禁食、歌唱。这些都是体验强烈的身体感觉和获得陶醉的方式。我并不是说非得拿鞭子抽打自己才行，但为什么不探索一下通过身体可以获得的各种感觉呢？而且，一些人虽然过着正常的性生活，但与自身的身体感受和内在需求完全脱节。在见识了各种可能性的广度和可及性之后，我在这条路上越走越远。我越是放弃把性作为表达身体的一种特权，就越能深刻感觉到自己的身体。这也就让我越能精心对待自己的欲望。

高级版力比多[①]

我第一次体验瑜伽，是在巴黎东站附近的一家传统哈达瑜伽中心。我推开大门走了进去，然后在

[①] 力比多（libido）表示一种本能的性力和性原欲，这个词来自弗洛伊德理论，是弗洛伊德"性欲论"的重要内容之一，同时也是精神分析学派的重要理论。后期经荣格等人对其概念进行扩展，力比多的表现形式得到增加，可以泛指一切身体器官的快感。——译者注

那里一待就是一年。练瑜伽并不好玩，也不好笑，每节课都很难熬。但当我下课后沿着圣马丁大道往回走时，我会觉得自己走得更流畅了，内心也不那么挣扎了。上课前，走出家门的时候，我只能看到拥挤、喧闹而跃动的人群，而在回家的路上，我开始能看清其中的细节了。孩子们踩着水坑，蹦蹦跳跳地欢笑着，一个男人温柔地扶着他的祖母，一枚硬币被递给了一个流浪汉，一对情侣对他们偶然在路上相遇的好运感到惊讶。人性开始穿透迷雾。感谢瑜伽。一方面，它能带来许多益处（缓解压力、超脱自我、获得满足感）。另一方面，当我加强练习时，我发现它能激起非常接近欲望的感觉。当然，瑜伽本身的目的并不在此，但我不得不说，在课程或强化练习之后，我们通常会浑身发热（以及面色红润）。

瑜伽让我了解到沙克蒂——一种创造万物的宇宙女性力量，以及昆达利尼——沙克蒂的一种形式，一种像沉睡的蛇一样盘绕在脊椎底部的生命能量。通过采用特定的姿势或特定的呼吸方式，我们可以放大或引导这些能量。但瑜伽的魅力则在于，这些重要的原始性的能量并不是为了增进或调剂我们的亲密关系而设计的。学习瑜伽首先要学会放弃。这个词曾让我害怕了很久，因为我不明白如何才能做到放弃，做到对一切漠不关心。但学会放弃和断绝欲望是两个平行的学习过程，这让我明白，我要做的并不是冷漠，而是恰恰相反。当我们放弃占有，也就规避了情感和心理的剧烈波动，可以和事物有一种更安静的距离感，因此能做到赞叹万物，而不仅仅感叹那些给我们带来强烈感受的事物。在这两种情况下，我想我都在努力追求一种脱凡，这种脱凡不会妨碍我的爱情或亲情，它或许能让我不那么多愁善感，让我活得更有生命力吧。

在这方面，瑜伽的能量更像是荣格理论中的力比多。今天，很多人把力比多直接等同于弗洛伊德理论里的性欲，认为它是寻求快感的动力（这里的快感虽然不仅限于性，但性依然是其中很重要的一环）。但是荣格对它的定义则更为宽泛，他认为力比多包括所有形式的精神能量，而不仅仅是性能量，今天我们将其描述为一种宏观的创造性能量。昆达利尼和荣格的力比多一样，都认为生命能量既可以是性的，也可以不是性的，它可以通过性来表达，也可以不通过性来表达。瑜伽经文甚至对这种表达方式讳莫如深，并警告那些学习瑜伽正是为了获得这种"超能力"并以此满足个人需求的练习者。而坦陀罗①的故事虽然成为西方人桃色幻想的源泉，但它绝不是一本性爱手册。事实上，坦陀罗里只有极少处提及了性，而且最重要的是，它也从未说过在宗教之外要做这样的实操。（西方对道教也有类似的偏见）。

一般来说，瑜伽主张自我克制。对于男性来说，这是为了在成家立业时保存精液留作生育之用，同时也是为了避免不必要的精力浪费。无论是瑜伽师、古代哲学家还是早期的欧洲医生，他们都对不同性别以截然不同的方式提出了对管理宝贵能量的意见。在弗洛伊德眼中，禁欲是不可忍受的，因为"与感性的斗争会消耗现有性格的能量"②。毕达哥拉斯和柏拉图则谴责浪费精子的行为，他们认为这是生命力的损失。生命力与权力一样，往往是强势性别的特权。几个世纪以来，对生命力的浪费一直是人们的焦虑所在，从哲学家到开膛手杰克，再到《奇爱博士》③中的疯狂将军——他因为苏联人想要"收割和腐化（他）最珍贵的体液"而敌视他们——皆是如

---

① 坦陀罗（Tantra）是对印度密教经典的通称。——译者注

② Sigmund Freud，《La morale sexuelle "civilisée" et la maladie nerveuse des temps modernes 》，*La Vie sexuelle*，PUF, Paris, 1997.

③《奇爱博士》（*Dr. Strangelove*）是一部1964年的政治讽刺黑色喜剧电影，根据彼得·乔治1958年的小说《红色警戒》改编而成，与《2001漫游太空》《发条橙》并称为"未来三部曲"，讽刺了冷战时期对美苏之间核冲突的恐惧。——编者注

此。但另一方面，说到女性，大家则认为，缺少性欲会破坏女性的健康。这种说法不仅出现在歇斯底里的传说中，也出现在医学之父——希波克拉底和盖伦的理论中。希波克拉底认为缺乏精子会使女性身体干燥，而盖伦在他的体液理论中则认为如果不排出阴道分泌物"Cyprine"会带来危险。在某些瑜伽理论中，男性在射精后会失去活力，而女性则能够积蓄由性交激发的能量。当然，所有这些考虑都是因为他们把女性和男性严格地分为两类人。现在，时代变了。我们都可以问问自己，我们是如何补充和使用我们的性能量的，这值得思考。我们可以思考如何改善和"表现"我们的性生活，而不用牵扯上什么宏大的能量。也许我们还能因此发现，虽然性生活减少了，但我们的力比多却登峰了。

好好相报

当我们不再条件反射般地将这种能量投入爱情生活，当我们不再将其仅用于个人享乐时，我们能用这种能量做些什么呢？当然，我们还能用它完成一些创造，关于这一点，人们已经写了很多文章。但还有一些无形的创造，也就是没有产生某件艺术作品或生出一个孩子的创造，不求回报的创造。《人生重负》播客（*Heavyweight*）就有这样的魅力。这个播客由乔纳森·戈尔茨坦创建并主持，他曾参演《美国生活》（*This American Life*），而《美国生活》正是启发其他所有播客的元老。在过去的六季中，戈尔茨坦一直在进行深入调查，试图解开长期藏在人们心底的心结，那些事情看似微不足道，却让他节目的主人公们难以释怀。戈尔茨坦努力梳理着那些不被理解的故事，消除误解，核实记忆，希望《人生重负》播客最终能帮助大家减轻一点重压。在2021年夏天，播客讲了哈莉的故事①。在她17岁那年，一位陌生女士只用了几句话就改变了她的人生。那时，她刚刚接触到性生活，急需事后避孕措施，但又不想让她唯一的家长——非常虔诚保守的父亲知情。她去了威斯康星州小镇上唯一的一家诊所，一路上还四处观望担心被人发现。她向接待员说明了自己的情况。但接待员要提供帮助的话，势必要告知她的父亲。哈莉给上司打了电话，询问有没有办法，但最终发现还是不行。最后接待员做出了完全超越自己职权范围和法律规定的举动，她自

---

① Jonathan Goldstein,《Hallie》, *Heavyweight Short*, podcast, Gimlet Media, juin 2021.

称哈莉，给家庭生育计划组织①打了电话，因为哈莉不敢亲自打这个电话。此举让哈莉感到自己被倾听、尊重和理解，而当时的她正处于极度脆弱的状态。九年后，哈莉开始寻找这位女士 —— 她完全没必要帮忙打这通电话，但这一帮助让哈莉得以避免怀孕，并完成学业。哈莉非常想找到并感谢这位女士。根据她模糊的描述，《人生重负》播客团队最终找到了这位前台接待员。在催人泪下的电话重逢后，那位接待员解释说，她当时必须帮助哈莉，因为她自己一直记得，她的生命也是被一个陌生人救下的。十几岁时，她遭父亲家暴，不知不觉间，已经站上了大桥边。在绝望中，她有点过于专注地盯着水面。这时一个陌生人停了下来。他并没有做什么惊天动地的大事。他只是看着她，告诉她，无论她经历了怎样的痛苦，一切都会好起来的。她得到了桥上陌生人的帮助，再后来，她又帮助了哈莉。

大多数时候，我们都低估了这种良性循环。当我们为他人付出精力、同情和情感时，我们总是期望得到一些回报，希望得到与付出相当的回报，希望得到我们的付出的那个人可以给出回报。我们认为这种条件反射是很自然的。在夫妻关系或家庭生

---

① 这类生育计划组织一般是民间组织，旨在开展性教育，并在保守地区为女性提供避孕和堕胎的帮助。——译者注

活中，我们倾向于优先爱护、帮助和支持我们最亲近的人，并对在这个封闭的圈子里得到的回报保持特别的警惕。但是，这样做是否会让我们忽略了另外的一系列互动呢？我们如此专注于我们周遭的事物，以至于我们忽略了：我们为他人所做的一切并不一定要和他人为我们所做的行为一致。我们可以退一步，将自己从这些双向交流中抽离出来。如果我们能为了那些不会给我们带来任何回报的事情付出，并接受那些我们无法给予任何回报的人的帮助，能量就会循环起来，里程碑会一步步的扩张，良性循环也会扩大范围。我们要学会放大视野，把人与人之间的互动看成整个宇宙星系般辽阔的事情，而不是仅仅局限在一个小小星座之中。

第八章

幼人之幼

　　有一些电影，我始终没去看。并不是因为它们恐怖或者无聊，要是那样的话我反而非常喜欢。这类电影都有一个非常特殊的主题。如果要给它们在片头打上某种警告字幕的话，那应该是这样的："警告，本片包含男人代为人父的剧情，他最终接受了自己计划外的爱。"这类让我不禁潸然泪下的电影剧情往往是这样的：一个男人——可能沉默寡言，或者难以融入社会，或者两者兼而有之——有了一个孩子，这孩子并不是他的，而且他本来可能也没打算让孩子来到他生活中。起初的共同生活不可避免地会出现困难，但在汽车里、山洞里和加油站度过数个小时后，最终，他们发展出一种有爱的关系，这一切永远地改变了这个男人和这个孩子。我花了20年的时间才看完克林特·伊斯特伍德导演的《完美的世界》①，我至今无法坚持看完电视剧《鹿角男

---

　　① 在这部电影中，一个缺少亲情的小男孩被越狱的罪犯劫持为人质，但挟持他的罪犯之一却在过程中对男孩照顾有加，最后，两人产生了如同父子般的亲情。——译者注

孩》①，而且我在看加拿大电影《星爸客》②时也哭得稀里哗啦。我之所以如此难以承受这些电影，是因为它们代表了一个我永远无法企及的梦想，那就是在无需决定是否要生个孩子的情况下，也能体验为人母的那种爱。这些电影总是让我很触动，因为它们演绎了我理想中的完美情景：在毫无征兆的情况下，一个我本不打算照顾的孩子来到了我的生活中。当然，事情一开始会很复杂，但最终我们会发现我们有很多共同点，然后有一天，我们会带着掩不住的微笑，和彼此深深结识。如果我是一个男人，我可能会期待一个十几岁的男孩或女孩出现在我家门口，略带挑衅地对我说，"我是你儿子"或"我是你女儿"。但我和《星爸克》中的主人公的不同之处是，我要是有个孩子的话，我自己不可能不知道，因此也不可能突然出现一个这样的孩子来给我第二次机会，让我给他们应得的爱。

今天的我不是一位母亲，我确信以后的我也不会是。我肯定没机会见到我的孩子了——那个本应

---

①　这部电视剧发生在类似末世的背景下，有一些孩子在出生时就长有"鹿角"，并遭到人们的抵触和猎杀。一个藏匿于森林的鹿角男孩在机缘巧合下与一个流浪的男人成为朋友，踏上了一场冒险。——译者注

②　电影中，中年男人大卫化名"星巴克"捐精，后来他得知很多用自己精子生出的孩子们，便偷偷调查了这些孩子们的生活。当看到孩子们遇到困难时，大卫就匿名帮助他们。从帮助这些孩子的经历中，大卫自己也获得了人生的希望。——译者注

是我生命当中最重要的人。我肯定没机会从一个不同的、更年轻的躯体身上认出自己的痕迹和表情，看到我微笑或翻白眼的方式出现在她身上了。不会有人对我说："她长得真像你，太不可思议了。"我没有把我的基因遗传出去，不会照顾新生儿，也没法在孩子第一天上学的前夕给予安慰。我不会看到我的肚子鼓起来，除非我狂吃麸质食物。这些事情我都将不会做到。我没有做，也没有任何借口能为自己开脱。我并没有生育障碍，没有因为子宫内膜异位症而不得不切除子宫之类的问题；我也没有令人难以置信的事业或伟大的职业抱负来分散我对内心深处渴望（孩子）的注意力。我就是没有生孩子，仅此而已。

　　我之所以用"借口"这个词，是因为我觉得当我们不想要孩子的时候，最好还是得准备一个坚实的借口，以免被人怀疑自私。人们会觉得，谁要是还没有开始生育这场伟大的冒险，那一定是因为这些人满心只想着自己。人们觉得不生孩子的人是为了自己过悠闲日子和睡懒觉。人们会怀疑这样的人是否有能力去爱，是否能正视自己、面对他人。不生孩子的人会被视为一个尚未完成的产品。

　　我不能拿我没有经历过的事情作比较，但我可以观察到的是，人们从未拿这种对自私的怀疑来指责母亲——她们在世人眼中总是相当"勇敢"，或父亲。我当然知晓抚养孩子的重担和巨大工作量。但我仍然想知道为什么。为什么不生孩子这件事比一心只想要孩子这件事更自私呢？为什么父母之爱，即使是有缺陷的，也一定是最纯粹的爱？为什么有爱的孩子长大成人后会变得难以忍受自己的父母？为什么父母会难以理解自己的骨肉？如果做母亲（和做父亲）真的是一种"他性"的体验，那么为什么许多父母会因为孩子和他们不一样而感到失望或愤怒呢？我们从未如此问过：如果父母之爱真的是一种完全无私的感情，那么为什么我们会如此渴望拥有自己的孩子？

物主反射

2018年，我在一种自我管理式住宅中度过了几个星期。这座位于法国艾纳省的住宅前身是修道院，后来一位荷兰舞蹈家兼编舞家买下了它，欢迎那些需要空间来思考和推进项目的人入住。与传统的住宅不同，你不需要填写申请表或通过筛选才能进入这里。只需支付每晚20欧元的费用，就可以获得一个房间，还可以使用厨房、排练室和花园。我们被邀请在周日帮忙做家务，但这也并不是强制的。我非常喜欢在那里工作，也正是在那里，我开始让自己的占有欲松懈下来。

　　乍一看，这座前修道院的运作方式像是一个社区，但实际上它更接近无政府主义组织的感觉。这里只有三条规定（不过，在我到来之后他们又加了一条）。第一条是"不留痕迹"，这也是这里的宣言。不要留下任何痕迹，这样我们所住的地方就可以随时为其他人所用，这样我们就可以既有集体创造又能完全自主，这样我们就永远不会侵犯别人的自由。这个原则对我很有吸引力，并不仅仅是因为它迎合了我狂躁的一面。我马上就要40岁了，但我满脑子都是有关尚未到来的母职的胡思乱想，我还是不知道我是否真的想要开始这个大工程，或者我是否应该使出浑身解数来启动这个大工程。然后我便让自己迷失在这甜菜地中间，这里告诉我：一旦我不在了，自己的存在就会被抹去。我感受到，这座老修道院给了我外界不能给的平静，在院墙外，一切都鼓励我们去创造一些能让我们永存的东西。

　　要想在世上留下一些东西，生儿育女是最显著的方式。整个人类体系都在推动我们走向婚姻和母职，即使你暂时游离于这个体系之外。格温诺拉·里科尔多在《所有的她们》一书里的一句话让我印象深刻。她指出，刑事机构会把女性视为母亲，无论她是现在的母亲还是未来的母亲：

> 在某些情况下，人们想不惜一切代价避免她们怀孕，而在另一些情况下，则希望保护母亲和孩子之间"独特"而美好的联系。……此外，为她们（女囚）提供的职业培训（秘书、美容等）和活动（烹饪、缝纫等）一般都会将她们限制在家庭主妇、妻子和（或）母亲的角色上。[1]

生儿育女，以此来证明自己的存在，是为了感受到自己的归属，是为了留下痕迹。因为孩子在身体上与我们相似，因为我们希望能够把我们的人生观、价值观、原则和经验传授给他们，还因为在我们离开人世之后，他们还会记得我们。正是出于所有这些原因，我们希望能有自己的孩子，而不仅仅是一个孩子。家庭如此，国家也是如此。2019年，当法兰西共和国总统[2]希望提高出生率时，他并不是出于全人类的利益而鼓励人们生育。他是为了法国自身的利益，让法国能够依靠属于自己的年轻一代，保持法国文化和价值观对其他国家的影响力。哲学家兼生物

---

[1] Gwenola Ricordeau, *Pour elles toutes. Femmes contre la prison*, Lux, Montréal, 2019, p 110-111.

[2] 即埃马纽埃尔·马克龙，他于2017年就任法国总统，2022年获得连任。——编者注

学家唐娜·哈拉维（Donna Haraway）是《赛博格宣言》（*A Cyborg Manifesto*）和《伴侣物种宣言》（*The Companion Species Manifesto*）的作者，她经常谈论这样一个事实，即我们想要自己的孩子，拒绝移民的孩子，也就是那些已经出生并存在着的孩子。她谴责富裕国家正在建立一种支持生育，而不是真正支持儿童的意识形态。[①]

　　拥有一个属于自己的家庭也被认为是防止孤独终老的唯一办法。这种对晚年孤独的恐惧鼓动着我们，要在当下生孩子。即便今天我们开始听到一些母亲说自己后悔生了孩子[②]，想抵制这种压力依然困难。但是老女孩最大的恐惧还是在普遍的冷漠中死去。在没有任何人为之感动的情况下死去；被无情地扔进临终关怀医院；没有孩子们时不时带点东西来探望和修理漏水马桶；要是没有子女或家人的帮助可能就得离开自己的住房、住进养老院之类的地方。这是一把随时都有可能落下的达摩克利斯之剑，仿佛是那些既无子女又无配偶的人独有的、无法逃避的

----

① 她认为，为了孩子和父母的发展，我们应该做的恰恰相反：每个孩子不应该只有两个父母。

② 这类发言可在以下出处查阅：Stéphanie Thomas, *Mal de mères*, J.C. Lattès, Paris, 2021 et Orna Donath, *Le Regret d'être mère*, Odile Jacob, Paris, 2019 ; les hashtag #RegrettingMotherhood et #RegretMaternel sur les réseaux sociaux et le podcast《Mal de mère(s) 》, *Les Pieds sur terre*, France Culture, 2021.

宿命，因为在这个人生阶段，人们对待老人就如同无法为自己做决定的孩子。我也有这种恐惧。但每当这种恐惧袭来时，我都会提醒自己，这种对可能永远不会发生的未来的焦虑，不是我对现在妥协的理由。

在我母亲职业生涯的最后九年里，她在一家养老院担任秘书。她经常给我讲那些老人的故事。她会提到那些从未有人探望、在孤独中死去的老人。但在她讲的故事中，一样有那些忘恩负义、贪婪、刻薄的子女。有些子女从不来看父母，有些子女则是来向父母索要支票，还在财务细节上打马虎眼，意有所图。还有一些子女——这类人比你想象的要多得多——如果他们的父母与其他人（无论男女）决定同居，他们就叫嚣着断绝关系或进行敲诈。从表面上看，我冒着比一般人更孤独地度过晚年的风险。但仔细想想，这些风险并不比当父母冒的风险大多少，因为他们可能会与子女闹翻，可能会被想好好过自己生活的子女排挤，也可能因为种种原因永远见不到孙子孙女。但我知道，作为老女孩的现实引导着我精心培育自己的友谊、发展新的友谊。我毫不怀疑，我拥有的这些友谊其实也是一种家庭，它们显然是我最喜欢的养老保险。

我们的孩子有天赋

朋友们有孩子以后，我总不敢和她们走得太近。尽管她们大多人都很体贴，没有用关于分娩、育儿和发育阶段的讨论来淹没我——我总感觉这些东西太复杂了。但总的来说，和她们在一起，我觉得自己一无是处、冷漠笨拙。一起去公园郊游时，我无法集中精力，因为一句话还没说完，她们就得忙着阻止孩子跑去吃鸽子粪便。让我抱婴儿的时候我也总是忐忑，怕我不会抱，让小婴儿觉得难受。面对那些还不会说话的小家伙，我不知道做点什么好，也很难对他们提起兴趣。家长们的"婴语"总让我冷汗直冒，看着满脸胡萝卜泥的孩子，我也不会有可爱到融化的感觉。不过，我并不太担心，因为大家一直告诉我："你会明白的，当你有了自己的孩子，情况就会不一样了。"

我自己的孩子一直没有降临。但别人告诉我，即使我没有亲手创造孩子，与孩子建立关系也是可能的。我经常想起一个小女孩。我并不知道她的名字。回巴黎之前，我在马提尼克岛的海滩上写明信片，那时，她出现了。未经我的邀请，她就来到我身边，坐在我的浴巾上。我和她确认了她没有迷路，而且家人就在不远处，然后我就一直等着，因为她一定会问我些什么。她肯定有什么理由、要求或需要，她会告诉我跑来和我待在一起是出于什么道理，而我深信我对和孩子相处没有"诀窍"。但她什么也没说。她背挺得笔直，没有跟我搭话，只是和我一起凝望着大海。她向我靠近了一些，用她的小手指捻我的头发。我们看了20分钟的明信片、大海和沙滩，仍然没有说话。即使她的家人喊她，她的眼睛也一眨不眨。如果不是我必须拿上行李箱去机场，我不知道我们还会肩并肩待多久。我经常想起这个小女孩，因为她是第一个给我某种许可的孩子。我大概有意识地在孩子和我之间设置了一条安全界限，而她是第一个打破的人。

　　然后就是桑松。我有四个侄子，他是我弟弟的长子，我的大侄子。在他出生之前，我就为他松了一口气。我们家的姓氏曾让我在学校饱受嘲笑，但我后来又逐渐喜欢上了这个姓氏，而现在，这个姓氏会沿用下去了。无论我是否会育有自己的孩子，家族之树都将继续生长。我为我的弟弟感到高兴，尽管我仍然无法相信，他已经不再是我一直看着的那个身高不到一米八的小男孩了。当我在妇产医院看到他时，我感到胃里一阵绞痛，那种感觉就像我抓到他在卧室窗边抽烟时一样，虽然我自己也在偷偷抽烟。他已经长大了，而我却不曾正视这一点，我总认为，在成为一个个体、一个儿子、一个父亲之前，他首先是我的弟弟。当时我脑子里想得最多的就是这个，直到我抱到桑松。这一切给我这个姐姐带来了巨大的冲击。但是，当弟弟把他的孩子塞进我的怀里，毫不在意我是否适合怀抱这个小生命的时候，我的内心被彻底颠覆了。我明白了血缘、家庭和博大的爱为何物。后来，桑松慢慢长大，每次见到他，我都感到如出一辙的神奇。我妹妹有了两个儿子，我弟弟也有了第二个儿子。我不再像第一次那样震惊，但每次我的心都像红海让摩西通过一样敞开，迎接这些无限爱的浪潮。他们是我的侄子，但是他们还有比父母人数还多的叔叔姑姑，我必须学会与更多的人分享他们。多亏了他们，我学会了不带"物主反射"、不带占有欲地去爱。我不负责孩子们的建造和维护，但最重要的是，他们以后变成什么样子，对我来说都没关系。当然，我会尽我所能让他们感觉良好，但我不会对他们的未来加诸厚望。如果他们变成了我不喜欢的样子，如果他们不接家族的班，如果他们对我想传给他们的东西一点都不感兴趣，那都没关系。无论他们的自主程度如何，在我看来，他们都是独立的个体，都有能力做出自己的选择，都有以一种方式而不是另一种方式行事的自由。我并不对他们施加厚望，而且很高兴能够扮演这样一个角色。我是一个爱他们的成年人，但他们并不欠我任何东西，甚至没有义务给我忠诚和陪伴。正是这样，我才能毫无保留地去爱"别人"的孩子。

我还打开了一个思路，意识到了一个显而易见的事实。就像我喜欢某些成年人胜过另一些成年人一样，我也喜欢某些孩子胜过另一些孩子。有些孩子的智慧、美感、正义感以及他们关心他人的方式让我感动得心碎。而另一些孩子，他们的野蛮和自命不凡则让我感到厌烦，甚至让我害怕。我没有自己的孩子，也没有因之对小孩们带上美好滤镜，我总觉得今天的孩子中也隐藏着明天的混蛋。

人们总觉得下一代会比我们做得更好，会从我们的错误中吸取教训，这种想法在我看来有点疯狂。毕竟，作为一个曾经的孩子，我还是重现了我的父母和他们父母的错误，最后才大概明白生活可能是什么样、应该是什么样。这些错误是以其他形式、其他表达方式、随着其他后果一并犯下的。但是，没有父母能阻止自己的孩子测试自己身体和存在的极限。没有父母能阻止自己的孩子成为他或她自己。我并不是要说教养、爱、疏忽、传承或遗弃对孩子的未来无关紧要。但是，今天的恶人也都曾是孩子，他们也曾在家人的掌声中迈出蹒跚的第一步，也曾享受地舔平底锅上的巧克力，和假装不用手开车的父亲一起笑到流泪。相反，我们需要考虑的是，儿童并不一定就是希望的代言人。这种想法可能让我们有点尴尬，但我们不能因此止步不前，我们要卷起袖子继续努力，而不是把实现理想的任务交给我们创造的下一代人。

把儿童看作是未来进步和文明的代表，这可能会导致我们放弃自己着手行动的愿景，陷入一种智识上的冷漠，或者满心只想着怎么能让孩子更好。然后他们开始长大，我们开始变老。到那时，我们已经习惯了某种程度的安逸。我们厌倦了尝试，也厌倦了可能的失败。我们更加清醒，更加务实，更不再抱有幻想。到那个时候，我们很想把接力棒传给下一代。于是我们找个借口让他们接手，夸奖说年轻一代更纯真、更坚定、更有创见（在这个过程中，我们忘记了也有一些保守分子和玩世不恭的青少年，他们可能根本不在乎世界的未来），于是我们就让他们承担必须比我们做得更好的责任，然后我们自己就能退出这个时代，这真的合理吗？这不仅不合理，也不可取。为了不让孩子们付出如此沉重的代价，我们必须同意放弃这种把他们全部视为奇迹的舒适感（而且我们捍卫的原则不应该仅仅对我们自己的骨肉有利）。

时机问题

我脑子里有一份清单，不过它还有待更新，其中肯定有些遗漏。这份清单不是关于我一生中至少要做一次的事情或至少要去一次的地方之类的。清单里写的是父母去世后那些一定会让我流泪的所有小事。比如，如果我母亲不在了，看到她的口红，我会想到她随便涂个嘴唇就能把我逗笑；还有她以备不时之需的收集在抽屉里的整齐放好的礼物包装纸；还有马鞭草酒——虽然肯定不如她做的好喝，她曾抱怨萨科齐的政令让她没法像以前那样在药店买几升回来；还有被遗弃在街上的旧扶手椅，她之前总是想着腾出手来重新装饰一下；还有她每年圣诞节都会送给我的经典Moleskine日记本，我应该自己去买的。如果我父亲不在了，我会想到《世界报》上他爱玩的数独游戏，那些专家级数独我们总也填不到最后；还有几罐弗拉维尼茴香糖[1]；还有他每次生气时都会说的"相当"这个词；还有他总在离家前轻拍口袋以确保钱包、电子香烟和钥匙都在的习惯动作。但我最害怕的一件事其实是，当我不能说"妈妈"这个词，也没有人对我说"妈妈"的时候，这个词从此就不再有存在的理由了。

---

① 法国奥泽兰河畔弗拉维尼是世界闻名的茴香糖制造地。——译者注

因为没有孩子，我对父母的爱反而变得旷日持久（尽管和其他人一样，我也有受不了他们的时候）。我不生育，对我来说，家庭还是那个我与生俱来的港湾。我没有把我对这个家庭的依赖转嫁到我本可以创造的另一个家庭上。这就是我能想到的"老女孩"一词的唯一正确含义。虽然没有丈夫和孩子，但我是一个女人，一个成年人，一个独立的个体，我永远是父母的女儿。这是硬币的一面。硬币的另一面是，我还得想办法通过母职以外的途径做一个成年人。

当我们还是孩子时，我们爱玩洋娃娃，因为那就是我们对"成人"该是怎样的理解。这就好像，无论你年方几何，只要成了父母，有了孩子，就能神奇地进入大人的圈子。我从未真正领会这种因果关系。在我看来，为了让自己成为一个成年人而生孩子，比为了生孩子而成为成年人更不合逻辑。当我们还没学会对自己负责的时候，怎么能对一无所知的别人负得起责呢？我指的不是要有一份好工作，或者有一栋装点齐全的房子，把账单按颜色精心排列、理得井井有条，我指的是，我们要理清我们的"神经症"，那些我们继承下来的东西，那些我们有可能传承下去的东西。我们要搞清楚那些我们自以为是的欲望中真正将传递给后人的欲望。无论我们多么爱孩子、多么想要孩子，我们都得先知道自己究竟为什么想要孩子，还要知道该如何保护孩子不受这个充满敌意的世界的伤害，保护孩子不受我们的伤害。

成为父母不一定意味着成人；成人也不一定意味着要为人父母。我并不仅仅在等待一个合适的男人，也许，我一直在等待的是一个时刻，到那时，我懂得摆脱一切不属于我的东西，摆脱占有欲，不再将被爱的渴望与对虚无的恐惧混为一谈，也不再将爱与独占相提并论。具有讽刺意味的是，为了到达那一刻（至少我认为是那一刻），我付出了巨大的努力，但到达那一刻所需的时间却并不是生物学意义上的时间。也许有一天，我会终于觉得自己可以生个孩子而不会带来负面伤害，但那时我的身体可能已经生不了孩子了。

这个结论可能听起来有些苦涩，但它其实并不全然如此。不需要孩子或伴侣当我的镜子，我也依然知道我是谁，而且，我的爱最终可以是无条件的。我也知道，我渴望见到别人的孩子长大成人，甚至见到他们孩子的孩子。对这些孩子来说，我可以像玛丽·波平斯一样，时不时地出现在他们的生活中，但从不停留。我可以在这些孩子身上播撒希望的种子，而不去强求种子必须结出果实。我可以和他们进行大人的对话，告诉他们一些父母不会讲的事情——毕竟那都是我希望自己能在小时候就明白的事情。我可以不做母亲或妻子，也依然感受到有些东西将传承下去，不管这与我有关还是无关。

对我们家来说，泰斯塔瓦尔（Testavoyre）就像著名的索吕特雷岩（La Roche de Solutré）一样，值得常去徒步。路线不长，在山顶可以俯瞰到非常壮观的景色。夏天的时候，一路上到处都是蓝莓。有一次，我蹲在灌木丛中吃蓝莓，嘴唇和舌头都变成紫色了，这时，一位徒步旅行者向我走来。她显然是想打扰我的采摘雅兴，我还什么都没说，她便不请自来地大讲关于狐狸尿、狂犬病之类的老生常谈，还和我说她总是把蓝莓煮熟了再吃。由于泰斯塔瓦尔对我来说是个神圣的地方，我决定不生气，而是用含着危险浆果的紫色嘴巴，笑着祝她一路顺风。我开始爬下岩石，想着："不是吧，这也太多管闲事了吧？"走了几步，桑松蹦蹦跳跳地跑了过来。他越过树丛，开口说的第一句话就是："那人是不是有点多管闲事？"我笑了笑，没有告诉他我有多感动，在心里为我们不谋而合的反应感到奇怪的自豪。母亲拿着登山杖跟了上来。她喘了口气，问我们，那位女士在多管什么闲事。然后我们接着下山去。我告诉自己，现在，该回家了。

结语
荒芜的权利

　　2007年，菲利普·瓦塞开始了一项奇怪的工作：绘制巴黎的白区地图[①]。白区指的是没有任何建筑，没有任何生产，也没有任何消费的地区。他发现这样的地区寥寥无几。在法国首都，荒地几乎从城市景观中消失。所有的土地都被有用的建筑所占据着，它们不停运转，让城市持续沸腾。每一平方米都如此宝贵，以至于没有人会不以这样或那样的方式充分利用它。人们不得不挤在极度逼仄的公寓里，挤在椅子紧挨着椅子的露台上，挤在精心打理的公园里。这也是我们最终窒息的原因——我们永远无法看到空无一物的空间，我们就这样耗尽了空气。当我搬到荒地遍布的马赛时，我立时想到了瓦塞的这本书。我并不否认某种形式的疏忽会导致不卫生的

---

　　① Philippe Vasset, *Un livre blanc*, Fayard, Paris, 2007.

住房倒塌、里面的居民被困其中这样的现实存在，但我喜欢这样的一个事实：城市也可以为那些不那么高效的东西留出空间。和富裕城市相比，贫穷城市的优势就是它们不会把所有东西都视为必须盈利的投资。城市也是一个环境，居民可以在其中呼吸，甚至可以占有不属于他们的东西。当然，这里有大海、普永（Pouillon）的建筑、与众不同的光线、不屈不挠的居民，但也有（至少目前还有）空地之美。

我一直很喜欢荒地，无论是在城镇还是在乡村。在奥弗涅散步时，我喜欢寻找被森林植被包裹的废墟。我会对自己说，我们可以把它们变成宫殿和令人难以置信的房屋，那样也不难办，而且它们可能会成为无价之宝，让邻居们羡慕得流口水。不过我还会想，虽然它们可以变成那样，但它们现仍无人居住，无法修缮，无人问津。它们除了偶尔激起偶遇它的人的奇妙感觉之外，别无他用，让人不禁想，有时候，不成为成品、或保持着某种未完成品的状态，也是一种美。荒地、废墟和被植物蚕食的旧建筑总能给我带来希望和动力。因为当我细细观察它们时，我总是惊叹于混沌所蕴含的能量，这些混沌竟能在没有人类的双手或意志的情况下很好地发展出自我秩序。这就是我将要成为的模样。我想让自己成为一片荒地、一片荒原，在那里，我可以什么都不建造，同时又建造一切。在这个没有国王的王国里，自由之羽翼与坚韧之野草共存。在这片肥沃的土地上，爱情无法被培育，却在意想不到的地方野蛮生长、凋零、消亡，在最意想不到的地方萌芽。

在马赛韦尔（Marseilleveyre）群山后，还有一个人迹罕至的小海湾。在经历了溺水事件后的秋日，我在那里度过了完美的时光。我们一行几人去游泳，每个人都帮助我，拉着我的手下水。他们在我身边排成紧密的队形，仿佛我是英国女王一样，在我游不动的时候，他们帮我回到陆地上。但最完美的时刻却是我们躺着晒太阳的时刻。身边的男孩们都很安静，有的在看书，有的在睡觉。他们都不会成为我的爱人或孩子的父亲。我看着十月的阳光，看着山脊上的奔跑者，看着几只蝴蝶在海边迎风飞舞。风碰撞着我的小腿，海浪声充斥着我周遭的一切。这一刻，什么都没有发生。我完全沉浸在即将到来的生活中。我等待着波浪。

致谢

感谢奥德·沃克（Aude Walker），虽然她没有出现在这本书中，但她同时也无处不在。感谢她的校对，感谢她给我不可动摇的信任和无所不能的友谊。

感谢马蒂厄·马尼奥德（Mathieu Magnaudeix）和赛·勒塞尔夫-莫尔普瓦（Cy Lecerf-Maulpoix），感谢他们的支持和校对，感谢他们为我提出我没想到的建议。

感谢斯特凡妮·谢弗里耶（Stéphanie Chevrier）在整个写作过程中给予我的信任、热情和关注。

感谢瓦伦丁·德尔沃（Valentine Dervaux）和阿利泽·奥贝坦（Alizée Aubertin），感谢他们一丝不苟地编辑文本。

感谢我的女性朋友们和男性朋友们，他们鼓励着我、支持着我，在我每次想放弃这个项目时，他们都帮我再次回到正轨，感谢他们所做的一切。